Malataverne

BERNARD CLAVEL — ŒUVRES

Romans

LE TONNERRE DE DIEU (QUI M'EMPORTE)	*J'ai Lu* 290*
L'OUVRIER DE LA NUIT	
L'ESPAGNOL	*J'ai Lu* 309****
MALATAVERNE	*J'ai Lu* 324*
LE VOYAGE DU PÈRE	*J'ai Lu* 300*
L'HERCULE SUR LA PLACE	*J'ai Lu* 333***
L'ESPION AUX YEUX VERTS	*J'ai Lu* 499***
LE TAMBOUR DU BIEF	*J'ai Lu* 457**
LE SEIGNEUR DU FLEUVE	*J'ai Lu* 590***
LE SILENCE DES ARMES	*J'ai Lu* 742***
LA BOURRELLE *suivi de* L'IROQUOISE	*J'ai Lu* 1164**
L'HOMME DU LABRADOR	*J'ai Lu* 1566**
HARRICANA	
L'OR DES DIEUX	
MISÉRÉRÉ	

LA GRANDE PATIENCE

I. LA MAISON DES AUTRES	*J'ai Lu* 522****
II. CELUI QUI VOULAIT VOIR LA MER	*J'ai Lu* 523****
III. LE CŒUR DES VIVANTS	*J'ai Lu* 524****
IV. LES FRUITS DE L'HIVER *(Prix Goncourt 1968)*	*J'ai Lu* 525****

LES COLONNES DU CIEL

I. LA SAISON DES LOUPS	*J'ai Lu* 1235***
II. LA LUMIÈRE DU LAC	*J'ai Lu* 1306****
III. LA FEMME DE GUERRE	*J'ai Lu* 1356***
IV. MARIE BON PAIN	*J'ai Lu* 1422***
V. COMPAGNONS DU NOUVEAU-MONDE	*J'ai Lu* 1503***

Divers

LE MASSACRE DES INNOCENTS	*J'ai Lu* 474*
PIRATES DU RHÔNE	*J'ai Lu* 658**
PAUL GAUGUIN	
LÉONARD DE VINCI	
L'ARBRE QUI CHANTE	
VICTOIRE AU MANS	*J'ai Lu* 611**
LETTRE À UN KÉPI BLANC	*J'ai Lu* D 100*
LE VOYAGE DE LA BOULE DE NEIGE	
ÉCRIT SUR LA NEIGE	*J'ai Lu* 916***
LE RHÔNE	
TIENNOT	*J'ai Lu* 1099**
L'AMI PIERRE	
LA MAISON DU CANARD BLEU	
BONLIEU OU LE SILENCE DES NYMPHES	
LÉGENDES DES LACS ET DES RIVIÈRES	
LÉGENDES DE LA MER	
LÉGENDES DES MONTAGNES ET DES FORÊTS	
TERRES DE MÉMOIRE	*J'ai Lu* 1729**
BERNARD CLAVEL, QUI ÊTES-VOUS ?	*J'ai Lu* 1895**

Bernard Clavel

Malataverne

Éditions J'ai lu

PREMIÈRE PARTIE

1

A la limite du Bois Noir, Christophe s'arrêta. Sans se retourner, le corps incliné et le cou tendu en avant, il fit un geste rapide de sa main ouverte. Les deux autres s'étaient déjà immobilisés à quelques pas derrière lui. Retenant leur souffle, ils écoutaient, sans quitter des yeux sa silhouette qui se détachait sur le ciel encore clair.

Le chemin des Froids était là, tout de suite après les derniers baliveaux. Se haussant sur la pointe des pieds, Robert aperçut la ligne sombre des murgers qui bordent le clos des Bouvier. Il voulut se pencher vers la gauche pour regarder en direction de la maison, mais son pied porta sur une branche morte. Dans le silence, le craquement sembla courir très loin, rejeté de tronc en tronc, escaladant la colline jusqu'au fond du bois.

— Tu es marteau ! souffla Serge.

Christophe s'était retourné. Il se rapprocha sans bruit.

— C'est une branche, murmura Robert.

— Faut faire gaffe, mon vieux, expliqua Christophe ; quand tout est calme comme ce soir, les bruits portent loin.

Il s'était assis sur ses talons, au pied d'un hêtre. Serge et Robert s'accroupirent à côté de lui. Ils demeurèrent ainsi un long moment à écouter la nuit, à regarder dans la direction du verger où l'ombre sortait de la terre, noyant le coteau et gagnant peu à peu le bas du ciel.

Dans toute la vallée, la vie du jour s'était endormie et celle de la nuit s'éveillait lentement. Pour l'instant, seul le bourdonnement des trois cascades de l'Orgeole montait jusque-là. Arrivant entre les arbres, il semblait un murmure du bois ; comme une plainte étouffée.

Sur l'autre versant, les terres cultivées et les prés jaunis gardaient encore un reste de jour, une vague rousseur qui flottait par places entre les touffes noires des genêts. La route se dessinait à peine.

A mi-hauteur entre le grand tournant et les bois du sommet, la lampe s'alluma dans la cour de la ferme Ferry. Tout autour, la nuit s'épaissit, et l'autre versant fut bientôt aussi sombre que le Bois Noir et les terres du bas-fond.

— Je crois qu'on devrait y aller, murmura Serge.

Christophe se leva, fouilla l'ombre du regard en direction du chemin, puis, se penchant vers eux, il expliqua :

— On va ramper jusqu'au chemin. Là, on remontera un peu. Une fois au tournant, on peut voir la baraque. Si la lucarne de l'écurie est éclairée, c'est le moment d'y aller. Tant qu'ils seront en train de traire, on est tranquille.

— Tu es bien certain qu'ils vont traire tous les deux ? demanda Robert.

— Tu me prends pour qui ? Quand je me renseigne, moi, c'est du travail sérieux !

— Et le chien ?

Serge intervint. Sans trop hausser le ton, mais hargneux malgré tout, il lança :

— Si tu mouilles, on ne t'oblige pas à nous suivre !

Plus calme, Christophe ajouta :

— D'ailleurs, leur chien est toujours attaché, tu le sais aussi bien que nous. Le tout, c'est qu'il ne gueule pas.

Il se mit à avancer sur les mains et les genoux, s'arrêtant à chaque instant. Serge le suivait, puis Robert.

Arrivés au bord du talus, ils firent une pose plus longue. Le chemin était à deux mètres à peine en contrebas. Malgré l'ombre des pierrailles coiffées de murgers, Robert distinguait nettement les deux lignes noires des ornières qui se perdaient sur la gauche, à l'endroit où la roche affleure.

— Vous allez regarder comment je m'y prends, murmura Christophe, et tâchez de ne pas faire trop de boucan, à présent, on n'est pas loin. Et surtout, passez bien au même endroit que moi.

Une racine sortait du sol juste au sommet du talus. Christophe l'avait empoignée d'une main et s'était allongé sur la crête. A présent, il se laissait glisser lentement, les pieds contre l'herbe, courbant puis redressant insensiblement son corps large et épais. Il y eut un froissement à peine perceptible, un peu de terre sèche coula entre des ronces et ce fut tout.

Christophe se trouvait à présent suspendu audessus du chemin. Il parut hésiter quelques secondes puis, un pied appuyé contre la paroi et l'autre rejeté en arrière, il lâcha prise. La racine vibra comme un ressort. Robert ne perçut même pas le bruit des chaussures heurtant le sol. Déjà, Christophe s'était accroupi et demeurait immobile. Un peu de terre détachée de la racine continuait à couler entre les feuilles sèches avec un grignotis d'insecte.

Christophe leva la main.

— A toi, Serge !

Serge à son tour s'allongea, empoigna la racine et se laissa aller. Il était moins grand et bien plus mince, mais ses sandales raclèrent le talus d'où une pierre se détacha. Elle roula jusque dans l'ornière où le pied de Christophe l'arrêta. Christophe s'approcha et, empoignant les jambes de Serge, il souffla :

— Lâche tout.

Il le déposa sur le sol en disant :

— Reste derrière les ronciers, et bouge pas.

Il revint se placer au milieu du chemin, en face de l'endroit où se trouvait Robert.

— Lève-toi, dit-il.

Robert obéit.

— Tu ne vois rien, du côté de la maison ?

Robert scruta l'ombre vers la droite. La nuit s'était encore épaissie. Devant lui, passé le verger dont les derniers arbres se confondaient avec le pré, la masse des monts de Duerne se découpait toujours sur le ciel, mais les bois ne se distinguaient plus des terres et des pâtures. Seule, la tache à peine plus claire de l'ancienne carrière permettait de situer l'endroit où commence la plantée des pins. Très loin, dans le prolongement du coteau, trois lumières tremblotaient. Sur le versant opposé, la cour des Ferry était toujours éclairée, comme une fenêtre ouverte au flanc de la terre, délimitée par les murs, la maison et le portail.

— Alors, demanda Christophe, tu vois quelque chose ?

Robert regarda de nouveau sur la droite, vers le repli de terrain qui lui cachait la ferme Bouvier.

— Non, dit-il, je ne vois rien.

— Eh bien saute !

— Tu es fou.

— Saute, je te dis, carrément sur moi, et t'occupe pas du reste.

Robert hésitait. Il se pencha en avant. Christophe avait ouvert les bras.

— Alors quoi, ça vient ?

Robert se pencha un peu plus, fléchit les genoux et tendit ses mains en direction des épaules de son camarade.

Il n'y eut aucun choc et Christophe le déposa près de Serge.

— Vous n'êtes pas encore mûrs pour opérer en douce, tous les deux. Heureusement que vous êtes de vraies plumes.

— Moi, précisa Robert, je fais tout de même soixante-trois kilos.

— C'est rien ça. Mais Serge ne doit pas peser plus de cinquante.

Serge ne dit rien. Seul, Christophe était resté debout et regardait par-dessus les broussailles.

Sans se lever, Robert se retourna. Derrière eux, c'était tout de suite l'ombre lourde du bois qui pesait sur le chemin.

— Alors, demanda Serge, on se décide ?

— Allez, ordonna Christophe ; suivez-moi, et surtout, restez baissés.

Ils se mirent à avancer le long de la haie de

broussailles, courbés en deux, s'arrêtant tous les dix pas pour écouter. La plainte du ruisseau montait toujours du fond du val, mais elle n'était plus le seul bruit de la nuit. Sur leur droite, la forêt vivait, animée de frôlements, de battements d'ailes et de cris d'oiseaux. Dans le verger, les grillons et les courtilières s'appelaient.

Au virage, la haie s'ouvrait, remplacée sur quelques mètres par quatre fils de fer barbelés. Christophe resta un instant debout sans bouger ; puis, se retournant, il fit signe aux autres d'approcher.

— Vous voyez, dit-il, c'est bien ce que je prévoyais. Il n'y a que l'écurie d'éclairée, donc ils y sont bien tous les deux.

A une trentaine de mètres en contrebas, une lucarne carrée aux vitres sales trouait la nuit. En regardant bien, on devinait la maison à demi cachée par les arbres.

— Qu'est-ce qu'on fait, demanda Serge, on enjambe ou on passe dessous ?

Christophe eut un ricanement.

— Ce serait fin. Admettons que le vieux nous courate, on sera propre, avec une barrière à sauter ! Non, mon vieux, faut toujours prévoir le coup dur.

— Tu veux ouvrir ?

— Je vais me gêner, tiens !

Christophe avait déjà empoigné le piquet mobile retenu à un pieu fixe par deux fils de fer. Serge s'approcha.

— Laisse-moi faire, dit Christophe, à deux on ferait du bruit, j'aime mieux opérer tout seul. Seulement, ça vous empêche pas de me regarder faire et de prendre du feu.

Déjà, il avait enlevé l'attache du haut, tirant

bien sur les fils pour empêcher les vibrations, il souleva, dégagea de sa gâche le bas du piquet, puis coucha la barrière sur le pré en la maintenant toujours tendue.

— Si on est obligé de se barrer un peu vite, vous penserez bien qu'elle est là. Faudra passer au large pour pas vous empêtrer dedans.

Ils firent quelques pas dans le pré, s'arrêtèrent encore puis marchèrent plus vite, d'une seule traite jusqu'aux premiers arbres.

— Dis donc, demanda Serge, si on n'a pas le temps de la refermer en partant, cette barrière, tu parles d'un travail demain matin !

— Tu ne penses pas qu'on va se fatiguer à la fermer, non !

— Je donnerais cher pour voir la gueule du père Bouvier demain, quand il ira récupérer ses bêtes aux cinq cents diables !

— Vous croyez vraiment qu'ils les sortent pour la nuit ? demanda Robert.

— Bien sûr, ils les remettent au pré aussitôt qu'ils ont fini de traire.

Robert réfléchit un instant puis dit encore :

— Et si une bête avait un accident ?

Les deux autres haussèrent les épaules.

— Tu parles, ce qu'on s'en fout, nous autres !

Christophe se tut soudain. Un craquement s'était produit dans les branches, sur leur gauche.

— Il y a quelqu'un, souffla Serge.

— Tais-toi !

Un long moment ils écoutèrent. Robert n'entendait plus que le battement de son sang à ses tempes. Le craquement recommença plus proche, puis il y eut des coups sourds frappés contre terre. Serge et Robert s'étaient accroupis, seul Christophe était debout, le corps collé à un tronc de pommier. Se retournant, il revint près d'eux en ricanant :

— Ce qu'on est cons ! C'est une vache qui bouffe des branches de pommier.

Robert respira. La nuit autour d'eux se remit à vivre.

— Mais alors, si les bêtes sont sorties, c'est qu'ils ont fini de traire ? demanda Serge.

Il y eut un silence. Ils essayaient de se dévisager, mais la nuit était trop sombre. Enfin Christophe murmura :

— C'est pas possible. Ça doit être une bête qui est restée là je ne sais pas pourquoi.

— C'est bizarre, dit Serge ; on ferait peut-être bien de se méfier.

— Quoi, lança Christophe, tu ne vas pas te dégonfler ?

L'autre se reprit.

— Moi, me dégonfler ? Tu es fou !

Christophe se remit à marcher en direction de la ferme.

— Allez, dit-il, faut plus traîner. Et à présent, bouclez-la. Plus un mot, on est trop près du chien.

Arrivés à une dizaine de pas de la maison, ils obliquèrent à gauche pour rester sous le couvert des pommiers dont les lignes filaient droit vers le fond du val. Bientôt, la fenêtre de l'écurie disparut à leur vue. Ils avancèrent encore jusqu'à dépasser la maison. Là, s'arrêtant un instant, ils écoutèrent. Rien ne bougeait. A présent qu'ils n'entendaient plus la forêt, toute la vie de la nuit tenait dans le bourdonnement de l'Orgeole un peu plus proche et dans le chant des insectes. Le ciel était tout étoilé, mais sa clarté s'arrêtait au faîte des collines.

Robert se retourna. Il n'y avait plus de lumière dans la cour des Ferry et il ne parvint pas à situer exactement la ferme. Au sud, l'avancée des bois cachait à présent les monts de Duerne et, de ce côté aussi, les lumières avaient disparu. Dans toute la vallée, c'était vraiment la nuit.

Christophe avait déboutonné son blouson et tiré un sac vide qu'il déroulait. Il l'ouvrit et le tendit à Robert.

Ils n'avaient pas à échanger un seul mot. Christophe leur avait tout expliqué avant de monter. Ils se remirent en marche, toujours dans le même ordre.

Parvenus dans la cour, ils durent avancer avec plus de précautions à cause des cailloux. Enfin, sous le hangar, ils s'arrêtèrent.

— Toi, ici, souffla Christophe.

Il poussa Robert à un endroit qu'il avait dû repérer très exactement. Robert ne voyait rien. Il savait que les plateaux se trouvaient accrochés sous les poutres, il essayait de regarder au-dessus de lui, mais partout c'était l'ombre parfaitement opaque. Devant lui, Christophe et Serge devaient se préparer. Il les devinait à un frôlement, au bruit de leur souffle. Un soupir contenu de Christophe lui apprit que Serge venait de se hisser sur ses épaules.

— Lève le sac, dit Christophe.

— C'est fait.

Robert tenait déjà devant lui, de ses deux mains levées, le grand sac largement ouvert. Il y eut bientôt un grincement léger, et Robert sentit le sac s'alourdir sous le poids des fromages secs que Serge lançait par paquets.

— Deux pas à droite, murmura Christophe.

Robert obéit. De nouveau le sac s'alourdit. Puis

il fallut avancer encore dans cette nuit où rien n'était visible que le bord du toit où s'arrêtait le ciel. Robert se laissait conduire comme un aveugle par Christophe qui lui avait empoigné le bras et marchait sans hésiter, portant toujours Serge sur ses épaules. Ils s'arrêtèrent. Robert leva le sac et attendit. Il y eut encore un bruit de crochet remué, la targette qui fermait la porte du plateau grillagé claqua plus sec et ce fut soudain comme un grand réveil de toute cette ombre, de tout ce silence qui pesait sur eux. Des battements d'ailes d'abord, puis des piaulements éraillés, une fuite avec des chocs contre les tuiles et, dans le fond de la remise, la chute de quelque gamelle.

— Nom de Dieu, grommela Christophe.

Serge venait de sauter.

— Des poules, je crois.

— Tais-toi, dit Christophe.

Le silence revint un instant, mais de nouveau des ailes claquèrent, et une bête poussa un cri aigu. Robert vit son ombre jaillir au ras du toit et éteindre l'espace d'un éclair quelques étoiles. Aussitôt, de l'autre côté du bâtiment, un grognement monta puis un bruit de chaîne couvert bientôt par des aboiements.

Robert sentit qu'on lui arrachait le sac.

— Donne ça, lança Christophe, et du large, bon Dieu !

En quelques enjambées ils gagnèrent le premier rang des pommiers et filèrent entre les arbres. Ils avaient presque atteint la barrière lorsque Robert se retourna. A côté de la lucarne, une porte venait de s'ouvrir et la silhouette d'une femme se détachait sur la lumière. Une voix aiguë lança :

— Victor ! le chien, vite, le chien, c'en est qui se sauvent !

Déjà les trois garçons dévalaient le sentier. Ils fonçaient, attirés par la descente ouverte devant eux, n'entendant plus que le vent de leur course qui sifflait à leurs oreilles.

Près de l'endroit où le sentier s'écarte du bois pour plonger droit sur l'Orgeole, sans s'arrêter, à mots hachés, Christophe expliqua :

— Serge et moi, on fonce par le chemin... On sera à la moto... avant que le chien nous ait rattrapés... Toi, Robert, planque-toi dans le bois... Tu risques rien, on va l'attirer sur nous...

Le talus était moins haut et Robert put sauter facilement. Il fut bientôt vers les premiers arbres, les jambes accrochées aux ronces ; puis il s'arrêta et se laissa tomber sur les genoux. Les bras repliés et comprimant sa poitrine, il retenait son souffle pour écouter la galopade des deux autres qui s'éloignaient sur la gauche.

A présent, cinq ou six chiens se répondaient dans cette partie du vallon. Tout près, en dessous du chemin, c'était celui de la mère Vintard qui hurlait à s'étrangler. Robert percevait même les grincements du grillage contre lequel il devait se lancer de toutes ses forces. En face, c'étaient les deux chiennes des Ferry. Les autres se trouvaient plus éloignés, en amont ou en aval. Et puis, du côté de Sainte-Luce, des aboiements lointains montaient aussi qui se confondaient avec l'écho.

A droite de Robert, derrière le rideau d'arbres, approchaient rapidement les coups de gueule furieux de Noireaud et les cris du père Bouvier qui continuait à l'exciter.

— Allez, Noireaud ! Chope-les, Noireaud !... Chope-les !

Le chien venait de dépasser l'endroit où se trouvait Robert quand la moto se mit à pétarader.

Déjà loin à présent, peut-être de l'autre côté du ruisseau, le chien menait son tapage.

Le père Bouvier avait dû s'arrêter mais il criait toujours :

— Bande de voyous ! Bande de salopards ! Je vous connais bien !

La moto s'éloignait. Robert entendit le moteur peiner dans le raidillon puis changer de vitesse en atteignant la descente de la grand-route.

— Noireaud ! Noireaud !... Viens, mon Noireaud !

Le vieux appela longtemps puis se mit à siffler. Il devait être près de sa barrière. Il ne viendrait sans doute pas plus bas.

Il y eut un long moment de silence presque total. La vie du bois était en suspens. Seuls, les insectes continuaient leurs stridulations ; les cascades chantaient.

Alors Robert s'aperçut qu'il se trouvait seul, et sa première pensée fut pour le chien. En remontant, Noireaud pouvait flairer sa trace, s'enfoncer dans le bois et le découvrir. Il se leva pour s'éloigner, mais il était en plein roncier et ne pouvait ébaucher le moindre mouvement sans faire de bruit.

Il se colla contre un tronc d'arbre et attendit.

Le vieux sifflait et appelait à intervalles réguliers. Les minutes parurent très longues à Robert jusqu'au moment où il entendit l'homme refermer la barrière et regagner sa ferme en parlant à Noireaud. Bientôt la voix de la mère Bouvier lui parvint, une porte claqua et ce fut tout.

Robert avait repris son souffle, mais la sueur perlait à son front. Il l'essuya d'un revers de manche et se mit à écouter.

L'un après l'autre les bruits de la forêt reprirent. Robert attendit encore un peu, puis s'approcha de la lisière du bois. En face, la lumière brillait de nouveau dans la cour des Ferry.

Robert respira longuement, sauta sur le chemin, et se mit à courir en direction du ruisseau.

2

Robert n'avait pas osé suivre le chemin jusqu'à l'Orgeole. A hauteur des premiers peupliers, il s'était engagé à travers prés pour ne pas longer l'enclos de la mère Vintard. Le chien pouvait se mettre à donner de la voix et réveiller tout le vallon. Il avait donc fait un grand détour vers l'aval et traversé le ruisseau presque au pied du raidillon. Ensuite, remontant par la vieille route qui serpente en suivant le fond du val, il parvint au débouché du sentier qui coupe à travers les friches et grimpe en lacets au flanc du coteau.

Il s'y engagea au pas de course en s'arrêtant de temps à autre pour écouter. Le val s'était rendormi, le bruit des cascades s'éloignait peu à peu et, seule, la friche grillée tout le jour par le soleil crépitait encore comme un feu qui s'éteint.

Lorsqu'il atteignit la grand-route, Robert était à bout de souffle. Il sentait la sueur ruisseler sur son visage et, quand il se penchait en avant, sa chemise lui appliquait sur le dos une gifle glacée.

Il s'arrêta... Silence.

La ferme des Ferry était juste au-dessus de lui. Le gros tilleul de la cour dépassait le mur de clôture et ses branches éclairées par la lampe placée sous l'auvent se détachaient sur le ciel noir.

Rien ne remuait. Robert n'avait pas quitté le talus. Il cherchait à situer exactement le chemin qui monte de la route à la ferme.

En face de lui, le gravier crissa sous un pas qui s'engageait sur le goudron pour venir droit sur lui. Il eut un sursaut mais ne bougea pas.

— Robert ?

— Oui, c'est moi.

Gilberte approcha.

— J'allais m'en aller, dit-elle. Ça fait un moment que je devrais être rentrée.

— Je sais, je suis en retard.

— Je pensais que tu n'avais pas pu venir. Je remontais. J'étais déjà au portail quand j'ai entendu le chien des Bouvier. Ensuite, le vieux est sorti et il a crié aussi. Et puis tous les chiens se sont mis à faire la vie ; alors je suis restée dehors pour écouter. Je ne sais pas ce qui s'est passé... tu n'as pas entendu ?

Robert hésita, avala sa salive puis expliqua :

— Si, j'ai entendu les chiens. Seulement j'étais encore très loin, presque au chemin du cimetière... J'ai pas fait attention. Des fois, la nuit, les chiens se mettent à gueuler pour un rien.

— Là, c'était pas pour rien...

Elle se tut quelques instants puis demanda :

— Tu n'as pas entendu une moto, sur la vieille route ?

Encore une fois, il hésita avant de dire :

— J'en ai entendu une qui montait le raidillon... même qu'elle ne devait pas avoir de lumière, je n'ai rien vu.

— Justement, c'est ce que j'ai remarqué aussi.

Et c'est bien ce qui prouve que ça devait être des maraudeurs. Mon père dit qu'il y a toute une équipe de voyous à Sainte-Luce... A présent, il a toujours son fusil chargé.

— Sûrement... il a raison.. vaut mieux se méfier.

— Je ne sais pas si c'est le chien qui a donné l'éveil le premier chez les Bouvier, mais avant qu'ils se mettent à aboyer, j'avais déjà entendu des pintades. Ces bêtes-là, ça couche souvent dehors, sur les toits ou dans les fagotiers. Des fois, c'est utile.

Robert ne disait rien. Lentement, il reprenait sa respiration.

— Tu es tout essoufflé, dit Gilberte. Fallait pas courir comme ça !

— J'avais peur de te manquer.

— Il s'en est fallu de peu. Quand les chiens se sont arrêtés, j'ai attendu encore un moment et puis, comme j'allais me décider, j'ai entendu courir sur la vieille route. J'ai écouté. Ça venait par ici, alors j'ai pensé que c'était peut-être toi.

— Tu m'as entendu depuis là ?

— Bien sûr. On dirait que ça t'étonne ? C'est normal, la nuit, on entend tout.

Elle se tut un moment, lui prit le poignet et dit à mi-voix :

— Ecoute bien... on entend même les cascades... Pourtant le ruisseau est rudement bas, et ça fait tout de même loin.

Pendant quelques minutes ils écoutèrent tous les deux, immobiles, le visage tourné vers la nuit qui bruissait dans le fond du val.

— Comment se fait-il, demanda Gilberte, que tu sois venu par le bas ? Ce n'est pas tellement plus court, et la nuit, le sentier des friches n'est pas commode ; vaut mieux prendre la route.

Elle s'arrêta, puis, comme Robert ne répondait pas, elle dit encore :

— D'habitude, tu prends toujours la route. Pourquoi tu as passé par-là ?

— J'ai voulu essayer, pour me rendre compte... Et puis, du fait que j'étais en retard, je pensais tout de même gagner du temps.

Ils étaient debout l'un en face de l'autre. Gilberte avait lâché le poignet de Robert. Ils restaient immobiles, cherchant à se voir dans la nuit.

— Qu'est-ce qu'on fait, demanda Robert, on va s'asseoir un moment ?

— Non, c'est trop tard à présent ; mes parents vont avoir fini de traire, faut que je remonte avant qu'ils retournent à la cuisine... Tout à l'heure, mon père est déjà sorti faire taire les chiennes, il m'a vue au portail et il m'a dit de rentrer.

Robert s'était avancé d'un pas. Il passa un bras autour des épaules de Gilberte qui était un peu plus grande que lui et l'attira pour l'embrasser. Elle détourna la tête et demanda.

— Demain soir, tu viendras de bonne heure ?

— Oui, j'essaierai... seulement, le patron trouve toujours une raison pour me faire rester plus tard.

— Qu'est-ce que vous faites en ce moment ?

— Aujourd'hui on a travaillé à Sainte-Luce. On a fini l'installation d'eau dans la maison neuve de la grand-rue. Demain, on va venir de ce côté, tiens. On dois commencer un chantier à la villa de la Combe-Calou.

— Qu'est-ce que vous allez faire ?

— Un tas de choses... On doit creuser un puits, poser un réservoir et toute une installation. Mais demain, pour commencer, on va curer une boutasse.

Gilberte attendit un instant, puis comme Robert se taisait, elle répéta lentement :

— Curer une boutasse, tu dis ?

— Oui, le patron m'a même fait préparer le matériel cet après-midi.

Elle se mit à rire en disant :

— Ça alors ! Curer une boutasse ! Mais ça vous arrive souvent, de faire ce travail-là ?

— Non, c'est la première fois.

— Ça alors, répéta-t-elle. Mais qu'est-ce que c'est donc, les gens qui ont acheté cette maison ? On n'a jamais vu prendre des ouvriers pour nettoyer un malheureux trou d'eau ?

— Ce sont des gens de Lyon. Tu sais, à les voir, ça m'étonnerait qu'ils se mettent les pieds dans la vase.

— Ben, mon vieux, faut vraiment qu'ils soient fainéants !

Ils demeurèrent un instant sans parler. Robert tenait Gilberte par les épaules et la taille. Il sentait son corps à travers le tissu léger de sa robe. Il avança la tête et l'embrassa. La petite se recula légèrement.

— Tu es tout mouillé..., dit-elle. Tu devrais t'essuyer, tu vas prendre du mal.

Robert tira son mouchoir de sa poche et s'essuya le visage. Gilberte l'embrassa rapidement sur la joue, s'écarta d'un pas et, avant de s'éloigner, elle demanda encore :

— Alors, tu me promets de venir plus tôt ?

— On descendra dans le pré ?

— Oui, mais viens plus tôt... Tu n'auras qu'à descendre au pré directement. Je te retrouverai là-bas.

— S'il n'y avait pas le patron, je viendrais en quittant le travail. De la Combe-Calou, c'est pas loin, seulement il me demandera pourquoi je ne vais pas manger.

— Il vaut mieux que tu ailles manger.

— Oh ça, tu sais... Pour venir ici...

Il se rapprocha d'elle, mais elle s'éloigna en courant.

Robert laissa retomber son bras qu'il avait levé vers elle, puis il demeura immobile tandis qu'elle montait le sentier dont les pierres roulaient sous ses pas.

Quand le grand portail de bois se fut refermé sur elle, le garçon regarda encore un moment les branches éclairées du tilleul et prit sa course sur la route.

3

La clarté qui venait du ciel augmentait insensiblement et la terre prenait par places des teintes laiteuses. Le goudron de la route restait noir, mais les talus herbeux s'éclairaient vaguement. A gauche, c'était le val qui s'ouvrait, invisible, mais que Robert devinait, sentait à une fraîcheur qui montait en rampant au flanc des prés. A droite, c'était tantôt une terre en pente raide filant vers le sommet noyé de nuit, tantôt un bosquet, tantôt une roche coupée à pic et qui surplombait un virage. Dans sa course, Robert n'entendait que le vent siffler à ses oreilles ; mais, dès qu'il s'arrêtait, il percevait le bourdonnement ininterrompu des cascades.

Il courait sans fatigue, dans cette descente coupée seulement par quelques paliers très courts. L'air frais s'engouffrait dans sa chemise ouverte et caressait son dos encore moite.

Il venait de dépasser le raidillon lorsqu'un coup de sifflet l'arrêta. Il avait reconnu le signal de ralliement, cette dégringolade de notes mises au point par Serge. Il gagna le côté gauche de la chaussée et répondit au signal. Il y eut alors un bruit de branches écartées et la voix de Christophe sortit des bosquets plantés en contrebas de la route.

— Amène-toi un peu, face de rat !

Robert dévala le talus. Les deux autres étaient là, étendus dans l'herbe.

— Et alors ? demanda Robert.

Ils se mirent à rire.

— Alors quoi ? Tu ne vas tout de même pas dire que tu te faisais du souci pour nous ?

— Et la moto ?

— T'inquiète pas, elle est planquée. Et le butin aussi. Et demain matin je ferai un petit saut à l'Arbresle pour liquider tout ça.

— Tout de même, on a eu chaud ! Si le vieux avait détaché son clébard un peu plus vite, je crois bien qu'il nous aurait eus.

Serge et Christophe se mirent à rire. Leur rire ne sonnait pas très juste et Christophe avait une drôle de façon de se claquer les cuisses.

— Tu parles d'une affaire, lança Serge. Ces coups-là, c'est de l'entraînement. Ça nous apprend à réagir et à nous contrôler. C'est très important de savoir prendre une décision à toute vitesse sans perdre son sang-froid.

— C'est vrai, dit Christophe. Et il faut reconnaître que vous en avez bigrement besoin. Vous avez tendance à vous affoler pour un rien. Surtout toi, Robert ; je suis sûr que si je n'avais pas eu le réflexe de te prendre le sac, tu le laissais sur place.

Robert se redressa en lançant :

— Pour qui tu me prends ? Tu crois que j'ai envie de travailler pour rien ?

— Tu vois, lança Christophe, tu n'y es pas. C'est pas tellement à cause de la came, qu'il fallait sauver le sac. C'est un sac à sel que j'ai piqué à mon vieux. Rien qu'avec ça, on pouvait se faire coincer si les cognes n'étaient pas des crêpes.

Quelques instants passèrent. Robert ne répondit pas. Il restait immobile, respirant lentement l'air déjà frais qui sentait l'herbe et la terre.

— C'est égal, dit Serge, sans leur saloperie de poules, on se serait drôlement sucrés...

Robert l'interrompit pour préciser :

— C'était pas des poules, c'était des pintades.

— Des fois, c'est utile de frayer avec une fermière, on s'instruit.

Serge avait dit cela sérieusement, d'un ton sec, presque cassant. Christophe se mit à rire. Robert ne dit rien. Il demeura les lèvres serrées, fixant la tache pâle que faisaient dans la nuit le visage mince de Serge et ses cheveux blonds. Il y eut un bref silence après le rire de Christophe, puis Serge ajouta, toujours sur le même ton :

— Il y a comme ça des tas de choses qu'on peut apprendre au cul des vaches, avec les bouseux.

La colère de Robert monta. Il se contint un instant, la gorge serrée, mais quelque chose de plus fort que lui le fit se dresser à demi. Les poings crispés, les muscles tendus, il lança :

— Tu voudrais pas la boucler, merdeux ! Il y en a marre avec ça !

Serge ébaucha un mouvement en répétant à mi-voix :

— Merdeux !... Merdeux !

Mais déjà Christophe était entre eux, un genou au sol, écartant les bras, il les contraignait à se rasseoir.

— Ça va pas, non ? En tout cas, si vous voulez régler vos comptes, je veux bien arbitrer, mais faudra choisir un autre moment.

— Faudrait pas longtemps pour que lui règle le sien, ragea Serge. Tout ce que je risquerais, ce serait de me salir !

— Pauvre mec, soupira Robert, je te l'arrangerais, ta gueule de gonzesse !

— C'est tout, oui ?

Ils se turent. Christophe leur laissa le temps de ravaler leur rage, puis, très calme, il reprit :

— Et tout ça, à cause de ces bestioles. Ce qu'il faut être cons ! Ce qu'on peut s'en foutre que ce soit des dindes ou des poules ou des autruches ! Tout ce qu'on peut dire, c'est que sans elles, on faisait une sacrée razzia.

— Il y en a tout de même pas mal ? demanda Robert.

— Ça fait pas une fortune, mais c'est toujours ça.

Ils se turent un moment, puis Robert qui s'était approché de Christophe demanda :

— Et qu'est-ce que vous êtes venus faire ici ?

— T'attendre. Quand on a vu que tu ne rappliquais pas, on s'est bien douté que tu étais allé voir ta môme.

Comme les deux autres riaient, Robert haussa la voix pour lancer :

— Et alors, j'ai peut-être pas le droit ? Vous n'allez pas remettre ça, non ?

— Si, monsieur, tu as le droit. Mais nous, on a le droit de se marrer.

Robert se leva.

— C'est bon, dit-il, il faut que je rentre.

— Holà, pas si vite, petite tête, on a une affaire sérieuse à te proposer.

Sans se lever, Christophe lui avait saisi une cheville. Robert se laissa tomber dans l'herbe et s'adossa au talus. Déjà, un peu de rosée perlait dont la fraîcheur traversait sa chemise et gagnait son dos.

— Alors ?

Christophe prit son temps, puis, à voix basse, il demanda :

— Tu te souviens de ce qu'on disait l'autre jour, à propos des motos ?

Robert laissa filer un soupir.

— Tu sais bien que moi, c'est impossible. Serge peut-être, si ses vieux se décident, mais moi...

— Mes vieux sont des cons, grogna Serge. Si j'attends après eux, j'aurai l'âge de me faire promener dans une petite charrette quand ils se décideront.

Ils se mirent à rire tous les trois ; s'arrêtant soudain, Christophe interrompit les deux autres.

— Bouclez-la voir un peu !

Ils se turent. Très loin vers le sud, une voiture ronronnait.

— Vaudrait mieux s'écarter un peu de la route. Tant qu'il passe des voitures, on s'en balance, mais il suffirait d'un cycliste qui monte doucement et qui nous entende pour qu'on soit faits.

— Quoi, on n'a pas le droit de prendre le frais ? demanda Robert.

Les deux autres pouffèrent.

— Si, remarqua Serge, prendre le frais, mais en parlant des filles ou du beau temps, pas de ce qu'on va te raconter.

Ils descendirent entre les buissons, traversèrent le raidillon et gagnèrent une friche située à mi-pente entre la route et l'Orgeole.

— Ici, on est peinard, observa Christophe.

Ils cherchèrent un endroit où les ronces laissaient place à une tache de chiendent et ils s'installèrent. L'herbe était sèche, très haute, et craquait chaque fois qu'ils remuaient. Tout autour d'eux, la nuit bruissait dans les murgers épais et les genêts. La voiture qu'ils avaient entendue passa au-dessus d'eux faisant émerger de la nuit pour un instant les haies et les arbres de bordure, puis le bourdonnement de son moteur se perdit dans le bas-fond du côté de Sainte-Luce.

— Qui veut une sèche ? demanda Serge.

En se servant, Robert reconnut au toucher le papier cellophane des paquets de cigarettes de luxe.

— Des américaines, tu te mets bien.

— Mes vieux fument que ça, j'ai pas le choix si je les veux à l'œil. Evidemment, c'est pas du tabac de plombier, tu m'excuseras.

— Le plombier, y t'emmerde !

— Vous remettez ça ! grogna Christophe.

— Il m'énerve, ce merdeux, dit encore Robert tandis que Serge ricanait.

Il y eut un instant de silence puis Christophe frotta une allumette. L'un après l'autre les visages sortirent de l'ombre, s'approchant de la flamme que protégeait la main de Christophe. Ils fumèrent quelques minutes sans parler puis, toujours à voix basse, Christophe expliqua :

— Bon, pour en venir à notre affaire, tu es bien d'accord qu'on ne pourra jamais rien faire de vraiment marrant tant que vous n'aurez pas chacun une moto ?

— Oui, répondit Robert, mais moi, c'est impossible.

— Tu es une vraie tarte. Nous, le pognon, on t'en a trouvé.

Robert se mit à rire.

— Oui, deux mille balles de fromages ! Faudra en visiter des fermes avant d'y arriver !

Christophe lui empoigna le bras en disant :

— Non, écoute, petit, pour le moment, on n'en est pas à déconner. Ce qu'on prépare, c'est du sérieux. Le tout est de savoir si tu tiens à ta pétrolette et si tu veux risquer le coup avec nous.

— Dis toujours, on verra bien.

— Ah ! non, pas d'histoires. Ou tu y tiens vraiment et tu marches, ou tu t'en fous et tu laisses tomber. Nous, on peut faire sans toi. Et ça permettra d'acheter une plus grosse cylindrée pour Serge.

— Sans compter, coupa Serge, qu'il nous restera peut-être encore du pognon.

— Enfin quoi, je voudrais tout de même savoir d'où vous comptez le sortir, ce fric ?

De nouveau, la main épaisse et lourde de Christophe se ferma sur son bras.

— Tu n'y es pas. Comprends-moi, on ne peut pas t'affranchir sans être sûr que tu marches. Tout ce qu'on peut te dire, c'est que c'est du tout cuit. Aucun risque, et la certitude de réussir.

— Alors, dit Robert, si c'est comme ça, pourquoi je ne marcherais pas ? Est-ce que vous m'avez déjà vu me dégonfler, des fois ?

Christophe hésita, parut chercher ses mots, puis, plus lentement, plus bas aussi, il dit :

— Non, bien sûr, mais là, c'est tout de même un gros coup.

— Enfin, puisque tu me dis qu'il n'y a pas de risque ?

Encore une fois, Christophe se tut. A plusieurs reprises, il se racla la gorge mais, comme il ne se décidait pas, ce fut Serge qui parla.

— Ce qu'il y a, tu comprends, c'est qu'un coup comme ça, d'abord il faut y aller franco. Faut pas hésiter. Une fois qu'on est en route, tout doit être fait proprement en suivant notre plan. A la seconde près. Sinon...

Il s'arrêta et Robert intervint :

— Sinon on se fait coincer.

Christophe éleva la voix.

— Non, face de rat. On te dit qu'on ne risque rien. La seule chose, c'est qu'on peut rater notre coup, si on s'y prend mal ; et après, pour en retrouver un pareil, j'ai l'impression qu'il faudra aller loin !

Quand il se tut, ils tendirent l'oreille tous les trois pendant quelques secondes puis, comme le murmure de la friche se refermait autour d'eux, Serge dit :

— Tu ne devrais pas gueuler comme ça.

— Je sais, ragea Christophe, mais c'est cette crêpe-là qui me fout en rogne !

Il marqua une pose puis, s'adressant à Robert, sans crier, mais avec des mots qui avaient peine à passer entre ses dents serrées il demanda :

— Alors, tu marches avec nous, oui ou merde ?

Robert n'hésita plus.

— Oui, dit-il, bien sûr que je marche.

Et tout bas, se penchant un peu vers l'oreille de Christophe, il modula le signal de ralliement. Les deux autres en firent autant, puis se frappant tour à tour dans la main, ils prononcèrent trois fois :

— Top pour lui, top pour toi, top pour moi.

Christophe laissa s'écouler quelques instants. Du côté de Sainte-Luce, une voiture devait manœuvrer dans une cour ou une ruelle. Deux chiens aboyèrent puis la voiture s'éloigna et les chiens se turent.

— C'est bon, dit Christophe. A présent on peut

y aller. Voilà... C'est Serge qui nous a trouvé cette combine. Tu...

Christophe cherchait ses mots. Il se tut, essaya de reprendre, puis, s'énervant soudain, il dit à Serge :

— Explique-lui, toi... tu... Enfin, c'est toi qui as vu.

Serge se rapprocha un peu et se pencha vers Robert.

— C'est bien simple, commença-t-il, tu connais la mère Vintard de Malataverne.

— Bien sûr, on lui a assez souvent fauché ses pommes, à cette vieille sourdingue.

— Oui, mais cette fois, c'est plus de pommes qu'il s'agit, mais de son magot. Et j'aime mieux te dire qu'il a l'air plutôt rondelet.

Serge parlait plus vite que Christophe. Il ne cherchait jamais ses mots et, lorsqu'il s'arrêta, Robert comprit que c'était pour lui laisser le temps de répondre. Il réfléchit un instant, puis demanda simplement :

— Et alors ?

— Alors, l'autre jour, je suis allé chez elle avec notre bonne, la vieille Noémie, pour acheter des œufs. Ça n'était pas la première fois, mais je n'avais jamais pensé que cette tordue-là pouvait avoir vraiment du pognon. C'est bon, pendant que les deux vieilles font leur petit trafic, moi je dis : « Je vais faire un viron au bord du ruisseau. » Je sors, je vais voir la cascade, et, comme ça, je ne sais pas pourquoi, au lieu de revenir directement, je fais le tour de la baraque.

— Tu veux dire que tu es passé derrière, dans les éboulis et les ronciers qui séparent la maison de la vieille des ruines de Malataverne ?

— Oui, et même que j'allais m'en retourner à

cause des orties, quand j'entends du bruit et la vieille qui ronchonne. Tu sais comme elle est, sourde comme une bûche, mais toujours en train de ronchonner.

— Je sais, quand le maître nous menait en balade de ce côté-là les jeudis, on gonflait des sacs de papier et on s'amusait à lui faire péter à deux mètres dans le dos, elle bougeait pas d'un poil. Elle n'entendait même pas gueuler son clébard.

— Oui, seulement, quand tu lui parles en face, rien qu'à te regarder elle comprend drôlement...

Christophe intervint :

— Bon, ça va, elle est sourdingue, on le sait !

Serge reprit son récit, expliquant comment il avait, par la fenêtre grand ouverte sur la chambre, observé la mère Vintard, qui tirait sa monnaie d'un énorme portefeuille bourré de billets. Il l'avait vue ensuite le placer dans le fond d'un grand pot en grès, laisser tomber dessus une rondelle de bois, et mettre dans le pot l'étamine qui devait lui servir à passer son lait, une louche, une spatule en bois et ses mesures d'un litre et d'un demi-litre. Là, Christophe l'interrompit pour constater :

— Faut pas dire, il y a que des vieilles grippe-sous comme ça pour avoir des idées pareilles. Un qui irait chez elle pour voler regarderait partout sauf dans le fond de ce machin qu'elle laisse comme ça, en plein milieu de sa table tout encombrée d'un tas d'autres saloperies.

— Et vous pensez qu'on pourrait lui piquer ? demanda Robert.

— Rien de plus facile, affirma Christophe.

Le plan était dressé. Il était simple en effet. Christophe avait dérobé à son père un peu de l'arsenic qu'il utilisait pour empoisonner les rats ;

il confectionnerait une boulette de viande qu'il irait jeter par-dessus le mur de la cour dès que la vieille serait couchée. Avant d'entrer dans le clos, il suffirait de lancer quelques pierres dans les ruines pour s'assurer de la mort du chien.

— Le reste, tu comprends, expliqua Christophe, c'est une rigolade. La vieille est tellement sourde qu'on peut forcer la porte en père peinard.

Robert hochait la tête. Il revoyait les abords de la ferme, la cour telle qu'on la découvrait en grimpant le chemin des Froids. Il voyait aussi les ruines de Malataverne, cet amas de tuiles, de poutres, de pierres qu'entouraient encore trois pans de murs. Tout autour, bordant le chemin sur un côté et s'écartant ensuite pour séparer le verger de la maison, courait une murette de pierre sèche surmontée d'un grillage que la mère Vintard rafistolait sans cesse, et qui décrivait dans le pré un grand demi-cercle avant d'atteindre le ruisseau. Comme tous les gamins de Sainte-Luce, Robert avait souvent regardé ces ruines avec le désir d'y pénétrer, de fouiller chaque recoin, de se couler dans l'ombre des vieilles caves. Mais il y avait Fineau, ce grand corniaud rouquin qui se dressait contre le grillage, la babine toujours retroussée sur ses crocs luisants. Il y avait Fineau que tous excitaient de loin mais que personne n'osait approcher.

— Et tu crois vraiment, demanda Robert, que ton truc peut tuer le chien ?

— Tu parles, plutôt deux fois. Avec la dose que je lui collerai, une vache y passerait. Et de toute façon, tu sais comme il est, si on s'approche sans qu'il gueule, c'est qu'il y a droit.

— C'est vrai, mais la vieille, où elle couche ?

Ce fut Serge qui répondit.

— Son plumard est au fond de la piaule...

Christophe l'interrompit. S'adressant à Robert il précisa :

— Tu n'as d'ailleurs pas à t'occuper de ça. Tu nous donnes la main pour ouvrir parce que la ferraille, c'est un peu ton métier, tu connais ça mieux que nous ; ensuite on entre tous les deux, Serge et moi. Toi, tu restes dans la cour pour le cas où un gars passerait sur le chemin.

Robert réfléchit encore un instant puis demanda :

— Et ce serait pour quand ?

— Demain soir, vers les minuit.

Il y eut un long silence, meublé seulement par les mille bruits de la friche et le chant de l'Orgeole. La fraîcheur montait toujours du bas-fond et même les grandes herbes mortes, toutes cuites de soleil, s'assouplissaient, trempés de rosée. Robert frissonna sous sa chemise mouillée. Il se tourna vers Christophe et demanda :

— Tu ne crois pas qu'on devrait rentrer, à présent ?

— Oui, c'est ce qu'on va faire.

Christophe marqua un temps, se racla la gorge puis reprit :

— Dis donc, ça n'a pas l'air de t'emballer, notre combine ?

— Bien sûr que si, affirma Robert. Seulement, vous vous en foutez, vous autres, vous avez vos blousons, moi je n'ai que ma chemise, et elle est trempée. Si ça vous fait rien, j'aimerais bien qu'on rentre.

Ils se levèrent tous les trois.

— Voilà ce que c'est, d'aller frayer aux cinq cents diables, ricana Christophe, nous autres, pas si cons, on les trouve sur place, les mômes.

Ils firent quelques pas en s'accrochant aux ronces puis, s'arrêtant, Serge qui marchait en tête se retourna pour dire :

— Et bientôt, on se paiera des mômes de Lyon. Ce sera une rigolade, cinquante bornes, quand on aura chacun une pétoche.

4

Dès qu'ils eurent quitté la friche, ils se mirent à marcher plus vite et grimpèrent le raidillon en quelques minutes. Robert sentait la chaleur revenir dans son dos et ses reins que la fraîcheur humide avait pénétrés.

Une fois sur la route, ils purent aller de front et Christophe se mit à expliquer tout ce qu'il avait envisagé.

— Surtout, dit-il, faudra être prudent une fois le coup fait. C'est toujours après que les mecs se font piquer. Au moment où ils se servent de leur pognon... Je pense qu'il faudra attendre au moins trois mois avant d'acheter les motos.

— Tu crois vraiment que la vieille va porter plainte ? demanda Robert.

— La bonne blague ! Tu penses qu'elle va s'en priver, tiens ! Faut bien se dire qu'il y aura sûrement une enquête. Mais qu'est-ce que tu veux qu'ils trouvent ? On aura des gants. L'essentiel, c'est de ne pas se faire voir en route quand on ira faire le coup...

— Ça et un bon alibi, tout est là, précisa Serge. Et pour nous, le meilleur c'est le vieux. « Oh, pensez donc, monsieur le brigadier, cette nuit-là mon fils s'est couché à 9 heures du soir. Vous pensez. S'il était sorti, je le saurais. »

Serge imitait la voix de sa mère. Ils se mirent à rire tous les trois, puis Christophe ajouta :

— Il se marre, mais il a raison, c'est ça qui compte, bien faire voir à nos vieux qu'on va se coucher.

— Moi, dit Robert, quand je rentre, c'est souvent que mon père dort déjà.

— Tu le réveilleras...

Serge se tut, fit quelques pas, puis ajouta :

— Si tu peux.

Robert eut un soupir, Christophe empoigna le bras de Serge et le serra à lui faire mal. Serge attendit un peu et reprit :

— T'inquiète pas, de toute façon, les vieux sont tous les mêmes, histoire d'éviter les emmerdements ils jureront qu'ils t'ont enfermé dans ta piaule, même s'ils ne t'ont pas vu rentrer.

Ils marchèrent longtemps sans parler. A mesure qu'ils descendaient vers la ville, l'air était moins vif. Quand la route partait vers la droite comme pour entrer dans le flanc de la colline, ils sentaient venir à eux des bouffées de chaleur et l'odeur de la pierre chaude et du goudron.

— Ce qui est important, dans une affaire comme ça, dit Serge, c'est l'opinion publique.

Il se tut, mais les autres attendaient. Au bout d'un moment il reprit :

— L'opinion publique, ça compte. Je l'ai remarqué, dans les journaux, ça peut faire changer complètement une affaire.

Il s'arrêta encore et Christophe demanda :

— Je ne vois pas ce que tu veux dire. On lui fauche son pognon ; l'opinion publique, comme tu dis, on s'en tamponne !

— Peut-être, mais la police c'est autre chose. Si tout le monde gueule, on pousse l'enquête à fond. Mais là, je suis certain que les gens vont dire : « C'était une vieille pingre. Si elle avait profité de ses sous, on ne serait pas venu lui barboter. »

— C'est peut-être vrai, dit Christophe.

— Le fait est, remarqua Robert, que quand tu la rencontres, au marché par exemple, tu lui donnerais facilement dix balles.

Serge se mit à rire en disant :

— Tu me donnes une idée. Quand on aura son fric, un jour, je me paie le luxe de lui donner cent balles ; je ne suis pas radin, moi. Elle ne se doutera jamais que c'est son pognon qui lui revient.

Au sortir d'un tournant taillé à flanc de colline, les lumières de Sainte-Luce apparurent.

— Quelle heure est-il ? demanda Christophe.

Remontant sa manche, Serge lui tendit son poignet où luisait le cadran lumineux d'un gros chronomètre.

— Onze heures moins vingt, demain, à cette heure-là, on se préparera à travailler sérieusement.

Ils traversèrent en silence le premier groupe de maisons où quelques fenêtres étaient encore éclairées, puis, comme ils allaient atteindre le haut de la grand-rue, Robert demanda :

— Et si la vieille se réveillait ?

— Bon Dieu, lança Christophe, tu sais bien comme elle est sourde !

— Mais on peut se réveiller comme ça, sans rien entendre ; je ne sais pas, moi... pour pisser un coup, par exemple !

Ils approchaient de la zone éclairée par la première lampe suspendue au milieu de la rue, et les deux autres se regardèrent un instant. Serge eut un haussement d'épaules pour dire :

— Je te jure, faut qu'on soit bille pour mettre un dégonflard pareil dans le coup !

Christophe marchait au milieu et Robert allongea le pas pour mieux voir Serge. Il fit comme s'il allait parler puis revint sur la même ligne que ses camarades. Ils passèrent sous la première rampe et continuèrent vers la deuxième avec leur ombre qui s'allongeait en s'éclaircissant à chaque pas. Robert se rapprocha un peu de Christophe et, s'adressant à lui seul, il demanda :

— Tu ne penses pas qu'il y a tout de même un certain risque si la vieille se réveille et qu'elle vous reconnaisse ? Même en admettant qu'elle ne puisse rien faire sur le coup, après, elle peut le dire ; comment vous vous défendrez, à ce moment-là ?

Christophe laissa s'écouler le temps d'une bonne dizaine de pas puis, d'une voix posée, un peu ironique, il dit :

— C'est tout ? Tu as bien tout examiné ?... Mais enfin, quoi, tu nous prends vraiment pour des pauvres mecs ! Tu penses peut-être qu'on va se pointer comme ça chez la vieille...

Il s'interrompit et, se tournant vers Serge, il le prit par l'épaule et lui souffla quelques mots à l'oreille. Serge sourit et fit de la tête un signe affirmatif.

— Si je suis de trop..., commença Robert.

Déjà Christophe se retournait vers lui en disant :

— Mais non, couillon, seulement, on veut faire une expérience. Si tu es d'accord, on passe chez Serge tout de suite.

— A cette heure-là ? Et ses vieux ?

— Tu ne penses pas qu'on va monter dans leur chambre ?

Ils prirent donc à gauche par le Chemin-Neuf. Là, c'était de nouveau la nuit avec seulement, de loin en loin, une fenêtre éclairée. Derrière l'une d'elles, des gens étaient assis que l'on voyait de profil. Il n'y avait dans la pièce qu'une lumière très faible, mais sur le visage de l'homme et de la femme immobiles passaient des reflets pâles avec de brusques éclairs. De temps à autre, ils riaient.

— Ce soir, j'ai eu de la veine, souffla Serge, c'était un film pour grandes personnes, comme ils disent, sans ça, il aurait encore fallu que je me tape de l'aspirine avant d'aller me coucher.

— Pourquoi, demanda Robert, ils t'obligent à regarder ?

— Non, mais ça pourrait leur paraître louche que j'aime mieux aller au lit. Alors, quand je veux sortir, je dis que j'ai mal au crâne et c'est ma mère qui m'oblige à me coucher, seulement elle me fait avaler un comprimé.

Ils avaient dépassé la villa. Serge se tut un instant puis soupira :

— Vous en avez du pot tous les deux, d'avoir des vieux qui s'en foutent !

— Qui s'en foutent, c'est beaucoup dire, observa Robert, si mon père n'est pas complètement rond et qu'il se réveille quand je rentre, ça peut se terminer par une belle dérouillée et j'aime mieux te dire que quand il tape, ça se sent !

— Moi, expliqua Christophe, ça serait malheureux qu'à dix-huit ans passés, et en bossant comme je fais, j'aie encore des comptes à rendre sur mes sorties.

Il marqua un temps puis ajouta en riant :

— Pourtant, demain soir, vous en faites pas, mes vieux le sauront que je suis crevé et que je vais au lit à 8 heures. Ça tombe bien, demain matin, c'est le marché, on va avoir un sacré boulot !

— C'est bien la première fois que tu es content de bosser ! ricana Serge, d'habitude, tu râles toujours après les jeudis.

Ils quittèrent le chemin et s'engagèrent dans un terrain vague pour contourner la maison. Arrivés derrière, ils s'arrêtèrent et Robert entendit Serge introduire une clef dans une serrure qui s'ouvrit lentement. Le pêne claqua pourtant au fond du palastre. Ils demeurèrent un instant sans un geste, puis Serge poussa la porte.

— Entrez et faites gaffe, il y a cinq marches.

Tâtonnant du pied, ils descendirent. La porte se referma et ce fut l'obscurité absolue.

— Bougez pas, fit Serge. Une minute et j'allume. Seulement, avant, faut que je colle un sac devant le soupirail.

Ils l'entendirent aller et venir, puis la lumière inonda soudain la cave. Robert cligna des yeux un instant puis regarda autour de lui. La pièce était grande, rectangulaire, et l'on pouvait, en levant la main, toucher le plafond fait de poutrelles métalliques retenant des dalles de ciment.

— Venez !

Serge les conduisit au fond et les fit pénétrer dans un réduit carré où se trouvaient la chaudière du chauffage central et un tas d'anthracite. Il apporta une vieille chaise et deux caisses.

— Asseyez-vous, je reviens.

Puis Serge retourna dans la première cave. Demeurés seuls, ils tendirent l'oreille. Sans pouvoir comprendre, ils percevaient nettement un bruit de voix. De temps à autre, le dialogue était couvert par une bouffée de musique.

— C'est leur télé, précisa Christophe.

Puis riant soudain, il ajouta :

— On est gonflés, tout de même !

Robert ne dit rien. Dans la pièce voisine, il y eut un bruit de ferraille remuée et Serge revint, porteur d'une bouteille. Il tira derrière lui la porte du réduit en marmonnant :

— A présent, on est parés, j'ai éteint là-bas, et même si le vieux sortait dans le jardin, il n'y verrait que du feu.

— Tu crois qu'on peut pas nous entendre ? demanda Robert.

— Non, faudrait vraiment qu'on gueule comme des veaux.

Il posa sa bouteille et un verre sur le bord de la chaudière.

— Tu as ton tire-bouchon, Christophe ?

— Tu parles !

— C'est vrai, un épicier...

— Charriez pas l'épicier, hein !

Christophe sortit son couteau et déboucha la bouteille. Puis, la levant à hauteur de son visage, il regarda l'étiquette.

— Mon vieux, fit-il, Médoc 47, tu nous soignes, dis donc !

Serge eut une moue qui allongea encore son visage mince tout piqué de son et lança :

— Bah, demain soir on sera peut-être en cabane tous les trois, faut bien en profiter.

— Déconne pas avec ça, dit Christophe, et donne plutôt ton godet.

Ils vidèrent tour à tour le verre rempli aux trois quarts.

— Alors ? demanda Serge.

— Y a rien à dire, fit Christophe, ils se soignent, tes vieux... Il y en a beaucoup comme celle-là, par ici ?

— Un plein casier, sans compter les caisses

encore fermées. C'est obligé, deux ou trois fois par semaine il y a des réceptions. Et j'aime mieux te dire que dans le milieu ingénieur, sans avoir l'air de rien, ça biberonne...

— Tu vois, Robert, dit Christophe, le gros rouge c'est bon pour des mecs comme nous ; eux, ils sont faits pour se taper les grands crus.

Serge avait sorti de sa poche son paquet de cigarettes. Il riait, et Robert regardait ses cheveux blonds frisés dont une mèche tombait sur son front. Il se tenait debout presque sous la lampe et ses cheveux brillaient comme de l'or.

Ils fumèrent un moment en silence puis Christophe se remit à parler de vins. Serge lui fit signe de se taire, demeura quelques instants les yeux mi-clos, puis expliqua :

— Cette musique-là, c'est l'indicatif du journal télévisé. Dans un quart d'heure environ les vieux monteront se coucher. On sera encore plus tranquilles.

— Et tu n'as pas peur qu'ils regardent dans ta chambre avant de monter ? demanda Christophe. Une mère poule comme la tienne, ce serait pas étonnant.

— Avant, elle le faisait tous les soirs. Seulement, depuis que je sors, j'ai trouvé le bon truc, je m'enferme pour travailler sans que ma petite sœur puisse venir me déranger. Comme ça, si les vieux voulaient me voir, faudrait qu'ils fassent comme moi, qu'ils passent par la fenêtre.

Ils rirent tous les trois, vidèrent un nouveau verre, puis Robert demanda :

— Alors, et votre surprise ? C'est que moi, faut que je sois au labeur à 6 heures, je voudrais bien dormir un peu.

— Attends que les vieux soient montés. Encore cinq minutes et on est bons.

Ils achevèrent la bouteille et Serge sortit en annonçant qu'il tenait à leur faire goûter du bourgogne.

— On va être ronds comme des pommes tout à l'heure, remarqua Robert.

Christophe haussa les épaules.

— S'il veut me cuiter, moi, la cave du père Dupuy va en prendre un drôle de coup !

Ils continuèrent à boire, puis, quand la musique s'arrêta, Serge sortit seul. Il revint après quelques minutes en annonçant que ses parents étaient montés se coucher. Alors, laissant Robert seul dans le réduit, il entraîna Christophe dans la première cave.

Robert attendit, le regard fixé sur la chaudière. Après quelques instants, il se leva et approcha de l'endroit où les tuyaux partent vers le plafond. De la main, il palpa les joints, fit jouer la manette de réglage et revint devant la chaudière dont il ouvrit doucement les portes. Puis il retourna s'asseoir sur sa caisse, le dos au mur de ciment. Il avait la tête un peu lourde, une bonne tiédeur montait en lui et il bâilla plusieurs fois.

Enfin, la porte s'ouvrit et Christophe parut, suivi de Serge. Robert les examina un instant puis, pouffant de rire, il lança :

— Ce que vous avez l'air cons !

Ils avaient enfilé par-dessus leurs vêtements des sacs dans le fond desquels étaient pratiqués des trous pour passer la tête et les bras. Leur visage était masqué jusqu'aux yeux par un foulard et ils s'étaient coiffés de bérets qui leur descendaient jusqu'aux sourcils. Tous deux portaient des gants de peau.

Aux paroles de Robert, ils s'étaient arrêtés. Ils se regardèrent un moment. Puis, avançant vers la lampe, Christophe enleva son béret et fit glisser son foulard. Il fixait sur Robert un regard dur. Son visage rouge et bien rempli portait encore sur les pommettes deux traits plus pâles qui s'effaçaient peu à peu. De la main, il rejeta en arrière ses cheveux bruns ébouriffés et lança :

— Tu rigoles. C'est peut-être marrant de nous voir comme ça, mais on s'en balance, que ce soit marrant ; le principal, c'est que la vieille, au cas où elle nous verrait, soit incapable de donner un signalement.

Serge à son tour avait quitté coiffure et foulard. Retirant également le sac qu'il posa sur la chaise, il dit avec un mouvement de tête en direction de Robert :

— Qu'est-ce que tu veux demander à ça ? Tu peux toujours te crever la paillasse pour monter un coup au poil, cet abruti-là se contente de rigoler comme un cul terreux !

Robert ne broncha pas. Toujours adossé au mur, les yeux mi-clos, il souriait. Serge rassembla tout le matériel, en fit un seul paquet roulé dans l'un des sacs et le porta dans la première cave. Quand il revint, sans se lever, Robert désigna du doigt la chaudière en disant :

— C'est du beau boulot cette installation, seulement, elle est mal entretenue. L'été, une chaudière, ça se nettoie. Et même, un coup de graisse, ça peut pas faire de mal.

Il se tut, et personne ne dit mot. Christophe versa à boire, fit circuler le verre, et ils achevèrent la bouteille. Serge ne parlait toujours pas, mais se levait souvent, faisait deux pas, revenait s'asseoir, se baissait pour ramasser un morceau d'anthracite qu'il lançait contre le mur où il se brisait en projetant des éclats luisants. Longtemps, ils restèrent ainsi, puis ce fut Christophe qui rompit le silence.

— Il y a une chose aussi qu'il faut expliquer à Robert. Pour les motos, on achètera d'abord la sienne.

Se tournant vers Robert, il le regarda un instant avant d'ajouter :

— Avec ton vieux, toi, pas de problème, c'est bien sûr ?

Robert hocha la tête. Une grimace qui voulait être un sourire éclaira son visage bronzé.

— Non, fit-il. Lui, pourvu que je ne lui demande rien !

— Il ne cherchera pas à savoir où tu as pris le pognon ?

— S'il me le demandait, je dirais que je règle à tant par mois. Ma paie, je suis libre d'en faire ce que je veux !

— Ce que vous êtes vernis, vous autres ! soupira Serge.

Robert le regarda. Ses lèvres s'ouvrirent comme s'il allait parler mais, se laissant de nouveau aller contre le mur, il inclina la tête et baissa les yeux. Allongeant les jambes, il croisa ses pieds. Un moment il fixa ses brodequins éculés et jaunes de glaise séchée. Puis, poussant en avant son regard, il fixa longtemps les sandales de cuir fin et souple que Serge portait, ses socquettes claires que la rosée avait trempées, le bas de son pantalon gris où demeuraient piquées des graines de chardons et une feuille de ronce.

Robert écoutait à peine Christophe qui continuait d'expliquer qu'il devrait lui-même acheter à son nom la moto destinée à Serge dont les parents étaient intraitables. Ensuite, il continuerait, lui, d'utiliser pour leurs sorties communes celle dont il se servait actuellement et qui appartenait à son père. Ainsi, Serge pourrait disposer de la neuve.

De plus en plus, Robert se sentait gagné par le sommeil. Enfin, ses explications achevées, Christophe se leva en déclarant :

— Allez, nous deux on n'est pas d'ici. Faut y aller. Seulement, avant, encore une chose. Montre un peu ton matériel à Robert qu'il nous dise si ça va pour la porte.

Serge disparut et revint aussitôt portant un paquet fait d'un morceau de couverture sale. Il le posa par terre et déroula le tissu. Il y avait là une dague courte à manche de corne et à lame triangulaire, deux gros tournevis et un grand burin.

Robert examina chaque objet puis, se relevant, il dit :

— C'est toujours ça. Mais mon père doit avoir plusieurs pinces de carrier. J'en apporterai une, pour faire levier si la porte résiste, c'est aussi bien qu'une vraie pince-monseigneur.

Christophe souriait. Il se frotta les mains puis, avec une grande claque sur l'épaule de Robert, il lança :

— Je crois que la porte de la vieille, elle ne va pas faire long feu, avec nous autres !

Serge se baissa, empoigna la barre de fer qu'il soupesa en disant :

— Et avec ça, on en ferait taire de plus coriaces que cette vieille taupe.

Christophe sourit et, se tournant vers Robert, il dit :

— Allez, à présent, tirons-nous, il est bien temps.

Serge les précéda vers la porte. Avant d'ouvrir, il leur recommanda de ne pas faire de bruit puis demanda :

— Vous savez ce que c'est, les gars, ce qu'on vient de faire ?

Les autres se regardèrent. Robert fit un geste évasif et Christophe dit en riant :

— On s'est tapé deux bonnes bouteilles aux frais du père Dupuy.

Serge sourit, prit son temps et, le visage soudain grave, l'œil sombre sous le sourcil froncé, il déclara :

— Eh bien, ça s'appelle une veillée d'armes.

— Une veillée d'armes ? fit Christophe.

— Oui, quand on veille comme ça, la nuit qui précède une action de grande envergure, ça s'appelle une veillée d'armes.

— Ça se peut bien, dit Christophe.

Puis comme Serge allait ouvrir la porte, se réveillant tout à fait, Robert lui dit :

— En tout cas, avant de monter dans ta piaule, nettoie ton froc, sinon ta mère verra bien que tu n'as pas fait ta veillée d'armes dans ton plumard.

5

L'air vif les avait saisis au sortir de la cave et c'est en pressant le pas qu'ils se dirigèrent vers la grand-rue.

Les lampes étaient éteintes mais la lune venait de se lever. Elle éclairait tout le bas du ciel dessinant les contours des monts noirs de Duerne qui fermaient la vallée comme un coin de nuit enfoncé entre les coteaux plus proches.

— La lune ne nous gênera pas ? demanda Robert.

— Non, au contraire, on aura un peu de lumière, c'est préférable.

— Tu appelles ça « un peu » ? Qu'est-ce qu'il te faut !

Robert montrait du doigt les pavés où leur ombre s'étirait devant eux, aussi nette que tout à l'heure, quand une lampe de la rue éclairait leur dos.

— Ici, bien sûr, expliqua Christophe, on est éclairé directement. Mais là-bas, c'est différent. Tu sais, même en plein été, tout ce coin de Malataverne n'a guère de soleil que trois ou quatre heures par jour. C'est vraiment enterré. Comme dit mon père : « Là-bas, c'est quasiment sous la montagne. » Et à présent, on est en septembre, faut pas l'oublier. J'ai vérifié, ne t'inquiète pas, la ferme de la vieille sera dans l'ombre jusqu'à passé 1 heure du matin.

— Evidemment, à cette heure-là, on sera loin.

— J'espère bien, oui ; seulement, on aura tout de même profité de la lune. Sans être en pleine lumière, on y verra assez pour travailler à la porte facilement. Ça vaut toujours mieux que de prendre une lampe électrique.

La tête encore lourde, mais ragaillardi par la fraîcheur et la marche rapide, Robert se sentait mieux que dans la cave. Quelque chose flottait en lui qui rendait agréable chacun de ses mouvements. Il avait parfois l'impression de marcher sur un tapis épais et souple.

— Alors tu penses qu'il faudra attendre trois mois ! Ça va nous mener à décembre quoi !

— Oui, approuva Christophe. Mettons encore qu'on attende fin janvier, pour être plus sûr, ce ne serait pas un malheur parce que, tu sais, quand les routes sont mauvaises, c'est pas là qu'on peut vraiment profiter d'une moto

— A ton avis, combien il peut y avoir en tout, dans ce portefeuille ?

— Je ne sais pas, mais d'après Serge, ça fait un sacré paquet !

Ils arrivaient en vue de la place du Marché. Christophe frappa soudain sur l'épaule de Robert ; il se pencha vers lui, et, d'une voix qui tremblait un peu, se retenant de crier, il dit :

— Tu réalises, petite tête ! Tu te rends compte, un coup de veine pareil ! Chacun une pétoche et peut-être bien du rabiot pour se payer une bonne nouba pour arroser le coup ! Quand je pense qu'il y a des types qui vont risquer le bagne pour faucher dix sacs à un chauffeur de taxi par exemple !... Le bagne, ou bien des fois, de prendre une balle dans la peau.

— Ça, pour les balles dans la peau, nous, on ne risque rien, avec la vieille, seulement, le reste...

Christophe s'énerva un peu.

— Le reste non plus, je te l'ai expliqué, quoi !... et puis, ne t'en fais pas. En cas de pépin, Serge a seize ans, toi quinze, c'est pas la peine de chercher, c'est moi qui endosserais tout.

Il posa encore sa main sur la nuque de Robert, et, le secouant un peu, il ajouta :

— Allez, bonne nuit, vieux. Et surtout tâche d'être à l'heure demain. Et si on se rencontre dans la journée : « Bonjour, comment ça va ? » C'est tout, hein ! Tu as bien compris. C'est pas la peine de chercher à se revoir inutilement.

— Oui, c'est entendu.

Christophe tendit la main, mais Robert demanda encore :

— Pour vendre les fromages, tu crois qu'il ne faudrait pas attendre...

— Attendre quoi, qu'ils puissent aller là-bas tout seuls ?

Christophe se mit à rire. Robert attendit un instant puis reprit :

— Si le vieux porte plainte, les cognes vont chercher...

Le rire de Christophe l'interrompit :

— Non mais sans blague, tu te fous de moi ! Tu vois les cognes faire une enquête dans tout le canton pour ça ? Et puis tu sais, hein, entre nous, je ne vois rien qui ressemble à un fromage autant qu'un autre fromage !

Le vin devait commencer de faire son effet. Christophe riait sans arrêt.

— Te marre pas comme ça, dit Robert, on va nous entendre.

— C'est toi qui me fais marrer... Allons, va te coucher, ça ne te vaut rien de boire un canon, tu vois du képi bleu partout.

Robert n'insista pas. Ils se serrèrent la main et Christophe traversa la place en direction du magasin aux volets clos. Robert le regarda s'éloigner puis s'engagea dans l'impasse.

Là, il faisait plus sombre. La lune atteignait seulement le haut de quelques façades du côté gauche. Des vitres luisaient comme de l'étain, mais aucune fenêtre n'était éclairée.

Un chat jaillit d'un couloir et, en deux bonds, traversa la chaussée pour se couler sous un portail. Robert, qui avait sursauté, s'arrêta pour le regarder s'étirer, le ventre au sol, les reins cambrés et les pattes de derrière arc-boutées puis allongées dans la poussière.

Robert repartit. Le bruit de ses pas le précédait, courant devant lui, renvoyé de façade en façade. Il ralentit et se mit à marcher au ras des murs sur la terre moins dure.

Il atteignit bientôt l'une des dernières maisons, sortit sa clef et monta lentement l'escalier de pierre, la main sur la rampe de fer glacée. Il ouvrit la porte en la soulevant un peu pour empêcher les gonds de grincer et, dès qu'elle fut refermée, il s'immobilisa pour écouter. Enfin, après quelques instants, il alluma son briquet. Il éleva la main, regarda au fond du couloir dont la tapisserie sale se boursouflait. Le vélo de son père était là. A l'endroit du mur où portait le guidon, le plâtre apparaissait.

Robert éteignit son briquet pour se déchausser, puis, une fois nu-pieds, il le ralluma et avança lentement jusqu'au bas de l'escalier intérieur. Il écouta encore et monta en évitant la quatrième et la septième marche dont le bois craquait.

Depuis le palier, il perçut la respiration régulière de son père. Il évita encore certaines lames du plancher et entra enfin dans sa chambre. Il alla s'asseoir sur son lit, éteignit son briquet et se déshabilla.

Par la lucarne, la lune éclairait un pan de mur et un triangle de plancher où s'allongeait l'ombre portée de la crémaillère.

Une fois couché, Robert resta longtemps à regarder cette tache de lumière. Chaque détail du mur apparaissait : là, une lézarde minuscule du plâtre courait comme un sentier tordu, plus loin, un fil de la vierge poussiéreux s'accrochait à des grains de badigeon. Sur les autres murs, la pénombre effaçait les détails mais Robert devinait chaque objet. Un piton où pendaient des ficelles et une lanière de cuir ; le crucifix avec son rameau de buis qui avait glissé sous son bras gauche ; en dessous, une caisse posée sur un tabouret et servant d'étagère où s'entassaient des journaux de cinéma et les livres du cours d'apprentissage. Robert passa très vite sur la vieille machine à coudre que son père avait montée là après la mort de sa mère parce que le marchand de ferraille refusait d'en donner plus de cent cinquante francs.

Robert ne pensait à rien. Il ne dormait pas, ses yeux restaient grand ouverts et son regard continuait de faire le tour de la chambre sans jamais s'arrêter. Ici, rien ne vivait, rien que son regard qui passait sur les objets.

Sur l'autre mur, il y avait la photo de sa mère dans un petit cadre de bois doré, et, simplement tenus par des punaises, les portraits de trois coureurs cyclistes découpés dans des magazines.

Robert était toujours habité par cette espèce de tiédeur qui venait du vin. C'était très agréable. Parfois, ce qu'il regardait se déformait, s'éloignait et une autre image paraissait. Il vit ainsi Gilberte étendue à côté de lui, dans le pré où il avait pu, l'autre soir, lui dégrafer son corsage. Puis ce fut une route dont les arbres défilaient très vite avec un bruit de soufflet saccadé qui lui battait les oreilles comme une rafale de gifles.

Après un long moment, comme le sommeil ne venait toujours pas, Robert se souleva et s'assit dans son lit, les épaules et la nuque appuyées contre le mur. La tiédeur du vin s'atténua un peu. Fixant la vitre de la lucarne, il essaya d'imaginer le val de l'Orgeole tel qu'il pouvait être à minuit. La lune devait baigner entièrement les coteaux orientés au sud et une bonne partie du bas-fond. Peut-être, en certains points, le ruisseau était-il éclairé. Mais de toute façon, à hauteur de Malataverne, toutes les terres de la rive gauche devaient rester à l'ombre de la montagne ; cette ombre dense, humide et silencieuse qui semble couler du sous-bois et baigner les prés jusqu'au bord de l'eau.

Déjà, en été, quand le soleil écrase le reste de la terre, tout ce canton des Froids, qui porte si bien son nom, paraît sombre. On dirait qu'il a une vie à soi, enfermée dans ses bois épais, collée à la terre de ses prés où l'herbe est toujours drue, où les sources résistent aux pires sécheresses.

Robert essaya d'imaginer ce que pouvait être, de nuit, cette ruine de Malataverne. Il la voyait mal. Déjà, de jour, elle n'apparaissait qu'à peine, sous un fouillis d'arbustes. Robert voyait mieux la maison de la vieille : presque carrée, trapue, comme écrasée sous son toit incurvé. Est-ce que la lune viendrait jusqu'à la maison ? Christophe affirmait que non. De toute façon, la porte s'ouvrait sur la façade donnant à l'ouest, c'est là que Robert se tiendrait, et cette façade serait forcément à l'ombre.

Robert réfléchit encore. Il fixait toujours la lucarne dont le verre épais, frappé de biais par la lumière, prenait des teintes de nacre. Dans l'angle, à l'endroit de la fêlure, un petit arc-en-ciel s'était formé où se détachait une toile d'araignée tendue entre la crémaillère et le châssis rouillé. Certains fils étaient noirs, d'autres luisaient comme les ornements de crèche dans les vitrines de Noël.

De temps à autre, la lucarne s'éloignait. Les détails s'effaçaient, tout devenait flou, pâle comme une grande tache de lumière ouatée de brume. Alors, sur ce fond, se déroulait un documentaire sur la vallée. Le point central demeurait toujours la ferme de la vieille et la ruine de Malataverne. Ce qui variait, c'était seulement l'angle de vue. Une fois on se trouvait tout en haut du bois des Froids, une autre fois, sur les monts d'Aveize, ensuite sur la route de Duerne d'où l'on apercevait seulement le toit de la ferme avec, dans le lointain, tout le panorama de Sainte-Luce et la fuite des coteaux jusqu'aux premiers monts du Forez. Et puis, c'était aussi la dégringolade des friches, et tout le fond de terre étalé comme une carte tel qu'on le découvre du chemin qui conduit chez les Ferry. De ce point-là, on n'aperçoit que le toit de la ferme et une toute petite bande de la façade ouest, exactement comme si la maison n'était haute que de quelques centimètres.

— De toute façon, cette façade sera dans l'ombre. Et dans l'ombre de la lune, on ne voit rien.

Robert avait presque murmuré cette phrase. La lucarne se rapprocha soudain. Le petit arc-en-ciel avait disparu. A présent, la fêlure de l'angle était une tache grise frangée de vert pâle. Un instant, Robert pensa à Gilberte, puis il essaya d'imaginer les motos.

Trois motos. Celle de Serge et la sienne seraient plus modernes que celle de Christophe. Christophe avait une bonne grosse motocyclette d'épicier, grise, avec un crochet pour la remorque de livraison et un tan-sad. Celle de Robert serait rouge avec une selle longue et collée au réservoir. Un moment, il suivit en pensée la route de Lyon qu'il n'avait faite que trois ou quatre fois par le car. Il entrevit aussi les rues de la ville avec la circulation. Il essaya de se représenter surtout ce qu'il ne connaissait que par les récits de Christophe : des bars, des maisons où se trouvent réunis tous les modèles de billards automatiques et d'appareils à sous. Où l'on rencontre aussi des filles qui ne ressemblent pas à celles des villages.

Là, l'espace d'un éclair, revint l'image de Gilberte que Robert repoussa aussitôt.

Il sentait la fraîcheur du mur gagner tout son dos et il se recoucha. Il ferma les yeux et ce fut cette fois un autre coin de route qui s'imposa à lui.

Il revit ce dimanche de l'été dernier, où, dans l'après-midi, Serge et lui étaient montés à pied jusqu'aux bois d'Yzeron. Là, venant de Lyon où il s'était rendu le matin, Christophe les avait rejoints. Sur sa moto, il avait amené une fille. Une petite blonde, un peu boulotte, très maquillée et qui fumait sans arrêt. Ils avaient bavardé un peu, puis, l'un après l'autre, ils s'étaient enfoncés dans les taillis en compagnie de la fille.

Robert sentait son corps travaillé par le désir. Il respira plusieurs fois de suite très vite. Il lui semblait retrouver dans sa chambre le parfum de cette fille. Il ferma les yeux et essaya de penser à Gilberte. D'elle aussi, il avait envie, le soir, quand elle s'allongeait contre lui dans l'herbe du pré. Elle avait seize ans. Elle ne voulait pas. Elle se fâchait, menaçait de ne plus revenir, et Robert restait tranquille. Gilberte était plus grande, plus âgée d'un an. Quand ils étaient ensemble, c'était toujours elle qui commandait, depuis toujours, depuis l'école maternelle où ils s'étaient rencontrés pour la première fois.

Robert se retourna dans son lit. Il rouvrit les yeux. Cette fois, il ne ressentait plus du tout les effets du vin et le sommeil ne voulait pas venir. Il se retourna encore à plusieurs reprises puis, pour tenter de s'endormir, il se récita une leçon sur les métaux qu'il avait à réviser pour le cours d'apprentissage.

DEUXIÈME PARTIE

6

Robert s'étira et se frotta les yeux. Il était 5 heures et, avant de partir pour la carrière, son père l'avait réveillé. Il l'entendit gonfler son vélo puis le sortir du couloir. Depuis la porte, avant de fermer, le père Paillot cria :

— Te rendors pas, Robert !

Sans bouger, Robert lança :

— Ouais !

Les souliers ferrés du père grincèrent sur le seuil, la porte claqua et Robert n'entendit plus qu'un bruit étouffé de pas dans la rue et des voix qui semblaient venir de très loin.

Un jour gris rampait sur la vitre. Hésitant à entrer, il salissait à peine les deux murs les plus proches de la lucarne. Le reste demeurait dans l'ombre. Une ombre plus terne, plus moite que celle de la nuit.

Robert avait la bouche pâteuse et la gorge sèche. Il se tourna sur le côté, le dos au mur, les yeux ouverts. Imperceptiblement, les objets sortaient de l'ombre. Sur le plancher, chaque lame se dessinait. Sous une chaise, il y avait quelque chose que Robert ne parvenait pas encore à identifier. Il regarda un moment la lucarne. La vitre sale ne permettait pas de voir le ciel, mais il jugea pourtant qu'il devait être couvert. Il souleva la tête pour mieux écouter. Un coup de vent venait de siffler en longeant le chéneau. Juste au-dessus de lui, entre les voliges et les tuiles, des rats se mirent à courir. Le vent passa encore puis il y eut, au fond de l'impasse, le bruit d'un portail battant contre un mur et un moteur de voiture se mit en marche. Longtemps, il couvrit tous les autres bruits du matin.

Robert imagina le fils Corneloup, le charcutier, sortant la camionnette pour le marché. Le moteur s'éloigna et Robert se retrouva seul. Les rats ne couraient plus. Le vent était trop faible, trop intermittent pour meubler le silence.

Alors, d'un coup, Robert se leva et s'habilla. En bas, il alla tout de suite à l'évier et commença par boire un grand verre d'eau. Ensuite, il resta un moment la tête sous le robinet, le visage dans ses deux mains en coupe. A mesure que la fraîcheur de l'eau pénétrait en lui, elle chassait cette brume qui avait un relent de tabac et de vin. Il but encore dans le creux de sa main, se releva et s'essuya au torchon humide après avoir choisi le coin qui sentait le moins fort. Se dirigeant alors vers la fenêtre, il regarda la ruelle déserte puis le ciel entre le bord de la fenêtre et le toit d'en face. Ce ciel était gris, fait d'un seul nuage immobile et bas. Il y avait du vent pourtant, qui poussait dans la ruelle des papiers sales et quelques feuilles de platane.

Robert demeura un bon moment sans bouger. Peu à peu, entre lui et les pierres mal jointes de la façade proche, des images revenaient, rapides, fugitives, insaisissables et qu'il ne cherchait pas vraiment à fixer. Se retournant, il s'avança près du buffet où se trouvait le réveille-matin. Il n'était que 5 heures et demie et Robert hésita, s'assit sur le coin de la table, se leva, ouvrit le placard. sortit une assiette où se trouvait un reste de pâté de foie qu'il flaira longuement avant de le remettre en place. Il empoigna un morceau de pain très dur qu'il reposa aussitôt.

Quelque chose était en lui, qu'il ne parvenait pas plus à définir qu'à rejeter. Une chose trouble, comme un brouillard tenace mais malgré tout transparent. Et cette chose le suivait, alourdissant chacun de ses gestes, se glissant entre ses yeux et tout ce qu'il regardait. Dès qu'il s'arrêtait de marcher dans la pièce, dès que son regard se posait sur un objet, les images revenaient, toujours les mêmes : les motos, Gilberte, la nuit sur le val de l'Orgeole ; et, plus dure, s'imposant davantage, la ferme de la mère Vintard avec, derrière, les ruines grises de Malataverne.

Cette image-là semblait s'attacher aux recoins les plus sombres de la cuisine. Chaque fois que Robert regardait vers le fourneau, où le plâtre était noir jusqu'au plafond, il la retrouvait, elle sortait du mur pour s'avancer vers lui. A certains moments, elle prenait un relief curieux qui accusait ses ombres et ses lumières. Elle devenait pourtant sans vie.

Robert regarda encore le réveil. La grande aiguille avait à peine avancé. Il eut un soupir et se dirigea vers le couloir.

En prenant sa veste, il décrocha du portemanteau un vêtement qui tomba à ses pieds. Il se baissa pour le ramasser. Une odeur fade de pierre effritée s'en dégageait avec un nuage de poussière. Le vêtement était un pantalon de travail du père Paillot. Le velours côtelé était râpé et crevé aux genoux. Il était grisâtre, de la couleur de la pierre des carrières. Robert imagina un instant ces carrières ; les machines énormes avec des concasseurs hauts comme une maison de deux étages et d'où s'échappait un nuage épais qui retombait en pluie irrespirable sur tout le chantier. A plusieurs kilomètres à la ronde tout était gris, les arbres, les prés, les routes, les maisons ; et les hommes de la carrière aussi avaient la couleur de cette pierre.

— Et l'extérieur, c'est rien, disait le père Paillot, faudrait voir le dedans. Les toubibs le disent, c'est du vrai limon. T'as beau boire, ça reste collé, on peut rien y faire !

Robert raccrocha le pantalon et resta un instant à le regarder, puis il enfila sa veste et sortit.

Dans l'impasse, le vent tiède courait, apportant les premiers bruits du marché.

Robert marcha jusqu'à la grand-rue et s'arrêta. De l'autre côté de la chaussée deux camionnettes étaient déjà arrivées. Les camelots bavardaient en déchargeant les tubes métalliques de leurs tentes. Robert s'avança pour regarder l'épicerie Girard. Christophe était peut-être levé, mais rien n'était encore ouvert, pas même les persiennes du premier étage. Il traversa pourtant et alla jusqu'à la porte du couloir. Elle était entrouverte. Il se pencha. La moto de Christophe était là et il y avait de la lumière à la cuisine. Il entendit un bruit de casserole, un bruit d'eau coulant d'un robinet, puis reconnut la voix du père Girard qui demandait l'heure. Robert ne perçut aucune réponse, hésita encore, une main sur le loquet, puis se retourna.

Au clocher, il était à peine 6 heures moins le quart. Une autre camionnette arriva. C'était celle du « Tout pour cent francs » avec ses bâches orange roulées et ficelées sur l'impériale. La femme qui était à côté du chauffeur le reconnut au passage et lui sourit en soulevant la main. Il demeura immobile un instant, suivant des yeux la camionnette qui manœuvrait pour prendre sa place entre les arbres. La femme descendit et regarda dans sa direction. Robert se souvint de tout ce qu'il avait acheté là. Ses cahiers pour les cours d'apprentissage, des crayons, quelques outils et un couteau qu'il avait d'ailleurs dans sa poche. L'homme était descendu aussi de voiture et parlait à un autre forain.

Robert traversa la place en diagonale et monta la grand-rue.

Quand il entra dans la cour, son patron ouvrait l'atelier. Il se retourna pour lancer :

— Tu n'es pas en retard, ce matin, ton père t'as foutu en bas du lit ?

Robert sourit :

— Non, dit-il. Je n'ai pas regardé l'heure... J'étais réveillé... Je me suis couché tôt, hier.

— Tiens, sors toujours la carriole, ce sera ça de fait. Le jus doit être chaud.

Robert tira jusque sur le trottoir une voiture faite de tubes et de planches montée sur deux vieilles roues de moto.

— Je pense que tout y est, observa le patron en soulevant les manches des outils, tout au moins pour aujourd'hui. C'est pas la peine de se crever, demain on montera un chargement de matériel.

Puis, regardant le ciel, il souleva sa casquette, se gratta la tête du bout des doigts en ajoutant :

— Pourvu qu'on n'ait pas la flotte, c'est le principal.

Ils entrèrent dans la cuisine. Là, il faisait plus

chaud et une bonne odeur de café montait d'une casserole qui chantait sur le réchaud. Les bols étaient sur la table et le patron versa.

— Si tu veux du lait, tu prends dans le bidon.

— Non, ça va comme ça, fit Robert.

Le patron cassa du pain dans son bol, le fit tremper et se mit à manger. Il aspirait très tort à chaque cuillerée et, sans s'arrêter de mâcher, il parlait du travail. Au bout d'un moment, il demanda :

— Tu ne manges pas, ce matin ?

Robert se coupa une tranche de pain très mince qu'il trempa dans son bol. A présent, il recommençait à s'engourdir un peu. Il faisait bon, dans cette cuisine. Le jour terne découpait au-dessus de la fenêtre les sarments et les feuilles rousses de la treille. Sur la toile cirée de la table, des reflets s'allongeaient effaçant les carreaux bleus et jaunes.

Le patron avait vidé son bol. Il sortit sa blague et se mit à rouler une cigarette. Quand il l'eut allumée, il repoussa son bol, essuya la toile cirée d'un revers de main et déplia le journal. Il y eut un long silence. Robert s'était arrêté de manger. Il écoutait. Derrière lui, il y avait le tic-tac du carillon, une voiture, de temps à autre, descendait la rue, c'était tout. Les feuilles de la treille remuaient à peine.

Robert se tassait sur sa chaise, son dos se voûtait, ses yeux étaient à demi fermés et le journal était comme une feuille de papier d'un gris uni.

Il pensa vaguement à Christophe. Tout à l'heure, quelque chose l'avait poussé jusque dans le couloir de l'épicerie presque malgré lui, mais il se demandait ce qu'il aurait pu dire si Christophe l'avait trouvé là-bas.

Il y eut soudain comme un grand fracas, un

déchirement qui le fit sursauter. Le patron venait de replier son journal en demandant :

— Alors, tu roupilles, oui ? Grouille-toi, mon vieux, je ne vais pas t'attendre cent sept ans, moi !

Robert se remit à manger et à boire et vida son bol. Le patron ralluma son mégot et lança en se levant :

— Allez, en route.

Robert porta les bols et les cuillères sur l'évier. Déjà sur le seuil, le patron se retourna pour crier en direction de la porte entrouverte au fond de la cuisine :

— On s'en va. Tout est prêt dans le panier ?

— Oui, fit la patronne.

— Bon, s'il vient des gens pour chercher des outils réparés, tout ce que j'avais promis pour aujourd'hui est fait. Tu verras, c'est tout dans l'atelier à côté de la forge, il y a les noms dessus.

— Ça va, je sais.

Le patron sortit dans la cour.

— Mets le panier dans la remorque, dit-il, et fais gaffe ; il y a les litres.

Robert empoigna le panier et sortit à son tour. Quand il referma la porte de la cuisine, il se passa quelque chose en lui, comme s'il quittait quelqu'un. Comme s'il allait se trouver seul pour longtemps. Sa gorge se serra un peu et il lui sembla qu'il faisait très froid dans la rue.

7

Il faut une bonne demi-heure pour aller de Sainte-Luce au chemin de la Combe-Calou qui est, en quelque sorte, le prolongement du raidillon montant de l'Orgeole. Quand Robert et son patron arrivèrent au débouché de la Combe, le soleil essayait de percer. Au ras de la colline, tout un pan de ciel s'éclairait, se mouchetant de jaune, mais la lumière qui filtrait demeurait glauque.

— Un temps malade, remarqua le patron en tirant sa blague à tabac.

Ils reprirent leur souffle un moment avant de quitter la route. Un paysan de Montfort passa sur un break dont les ressorts criaient. Il leur fit signe de la main.

— Alors, c'est la pluie ? demanda le patron.

L'homme eut un geste vague, regarda le ciel et dit :

— La pluie ou le vent, on ne saurait trop dire.

Le patron le laissa s'éloigner et ricana :

— La pluie ou le beau temps, quoi ! En voilà encore un qui en sait autant que nous.

Il avait achevé de rouler sa cigarette. Il sortit son briquet mais dut s'abriter derrière son revers de veste pour l'allumer.

— Si jamais le vent du midi se lève vraiment, j'aime mieux te dire qu'on ne sentira pas le moisi ce soir... Allez, on attaque la grimpette ?

Ils durent s'y reprendre à trois fois pour gravir les quelque deux cents mètres de mauvais chemin qui s'accrochent à flanc de roche. A chaque arrêt, le patron maugréait :

— Bon Dieu, faut être maboules pour venir acheter une maison ici. On va se faire rire, petit, le jour où il faudra monter les couronnes de plomb pour leur installation d'eau !

Robert ne parlait pas. Une main sur le timon, l'autre sur le rebord de la charrette, il poussait de toute sa force, le corps tendu en avant, les pieds raclant la roche ou roulant sur les gravats. La tête plus bas que les bras, il ne voyait que le chemin qui défilait tout proche, fait de pierre grise et de terre rouge. Parfois, poussant plus fort que le patron, il arrivait à faire dévier la charrette et devait retenir un instant.

— Bon Dieu, tu as bouffé du cheval, petit !

Arrivés sur le replat devant la maison, ils se redressèrent.

— La boutasse est derrière. Mène la charrette et décharge les outils, je vais voir s'ils sont levés.

Descendant légèrement à présent, le chemin contournait la villa. Robert arrêta sa charrette devant un bassin à peu près carré, profond d'un mètre environ et tout envahi d'algues, de ronces et de chiendent. Par endroit, l'eau apparaissait. Robert s'agenouilla sur la bordure de pierres branlantes, ramassa une baguette et écarta les lentilles d'eau. Tout le fond de vase grouillait de têtards noirs et de larves. Il les agaça un instant puis, se redressant, il jeta sa baguette et revint à la charrette.

Devant lui, le val s'ouvrait, et tout de suite son

regard se porta sur Malataverne. C'était la première fois qu'il venait ici, mais la vue était à peu près semblable à celle que l'on a de la ferme des Ferry. Il voyait seulement un peu mieux la façade de la maison Vintard, et, entre deux bosquets de trembles, il parvenait à découvrir une étroite portion de l'intérieur des bâtiments en ruine ; mais l'ombre y était très dense et seul apparaissait un amas de tuiles ou de briques. Dans l'enclos, les taches blanches des poules se déplaçaient lentement, s'arrêtant, repartant, disparaissant derrière des touffes de sureau pour réapparaître de l'autre côté. Robert chercha le chien, mais ne put le découvrir. Il devait dormir sous la remise ou se promener dans les ruines. Les volets de la maison étaient clos. La vieille devait être partie pour le marché de Sainte-Luce. Sur la route, les carrioles et les camionnettes commençaient à défiler.

Robert regarda plus haut, toujours sur l'autre versant. A mi-côte, c'était le Bois Noir où il s'était caché la veille. On ne voyait que le toit de la ferme Bouvier dépassant les pommiers encore verts. Tout le coteau des Froids était encore vert. C'était seulement le versant exposé au plein sud, où se trouvait Robert, que l'automne commençait à marquer de teintes chaudes.

A présent, le vent était plus fort et, quand aucune voiture ne passait, Robert entendait le Bois Noir qui grondait doucement. Sur la crête, loin derrière les Bouvier, la forêt de pins ondulait, parcourue d'un long frisson clair chaque fois qu'un coup de vent plus fort sautait la montagne.

— Alors, petit, qu'est-ce que tu fais, tu bâilles à la lune !

Le patron venait de tourner l'angle de la maison. Robert sursauta et se retourna. Le patron quittait déjà sa veste et la pendait au timon de la charrette en ajoutant :

— Tu cavales comme un lapin pour grimper, et ici, tu piques un roupillon aussitôt que je tourne les talons. C'est pas du boulot sérieux, ça !... Il paraît qu'il y a une brouette dans le cabanon, là-bas au bout, file la chercher !

Robert quitta sa veste, lui aussi, et courut au cabanon. De là, il aperçut la cime d'un arbre dépassant le pré en pente qui file vers l'est, et il pensa que ce devait être le tilleul des Ferry. En allant jusqu'au milieu du pré, il pourrait sans doute découvrir la ferme. Cependant, il empoigna la brouette et revint en courant.

Le patron avait déchargé les outils et enfilé ses bottes.

— Je vais descendre, dit-il. On va placer le grand tuyau pour siphonner la flotte. Ensuite, je te passerai toute la saloperie. Tu chargeras la brouette et tu iras la vider là-bas, en dessous du noyer.

Une fois le tuyau déroulé dans le pré en contrebas, l'eau boueuse se mit à couler. Robert la regardait serpenter entre les touffes d'herbe maigre. De longs filaments verdâtres arrivaient aussi, flasques et gluants. Des larves semblables à des grillons mal finis, à demi paralysées, se traînaient sur la terre trempée.

— Ça coule ? cria le patron depuis le bassin.

— Oui, ça va bien.

— Alors, remonte !

Robert grimpa et le travail commença. A grands coups de trident le patron arrachait les mottes de tiges souples et de racines qu'il lançait sur le rebord. L'eau et la vase ruisselaient.

— Tu parles d'une filasse, et ça pue, en plus de ça !

Une odeur lourde de pourriture montait du bassin, mais le vent, de plus en plus fort, l'emportait. Robert chargeait la brouette et allait la vider sous le noyer, dans un fossé. A plusieurs reprises, il vit des têtards collés aux herbes et tournant leur ventre gris aux reflets de nacre. Les corps palpitaient, les bouches s'ouvraient, parfois une queue se décollait, battant la vase où la bête entière finissait par s'enfoncer.

Robert découvrit une vieille boîte de conserve au pied d'un mur. Il secoua la rouille et ramassa quelques têtards puis, posant sa boîte dans la brouette, il revint au bassin.

Comme il se couchait sur le bord pour puiser de l'eau, le patron demanda :

— Qu'est-ce que tu fais ?

— Je remplis la boîte.

— Pourquoi faire ?

— Pour les têtards.

Le patron se redressa complètement, une main sur son manche de trident, l'autre sur la hanche.

— Tu veux dire que tu vas récupérer cette denrée ?

— Ben, si on les laisse là-dedans, ils vont crever !

— Et alors, qu'est-ce que tu veux en foutre ?

— Je sais pas, moi, une fois qu'on aura nettoyé la boutasse, il va bien y revenir de l'eau ?

Le patron explosa :

— Et tu voudrais les refoutre là-dedans ? Non mais sans blague, tu es malade ! C'est justement pour débarrasser cette vermine qu'on nettoie. Allez, balance-moi cette boîte, et tâche de laisser toutes ces cochonneries tranquilles !

Robert se releva, sa boîte pleine à la main. Il hésita un instant avant de demander :

— Je pourrais toujours les descendre à l'Orgeole, quand on s'en ira ?

— Fous-moi cette boîte en l'air, je te dis ! hurla le patron. Est-ce que tu crois que je te paie pour pêcher les têtards ? Non mais sans blague ! C'est plus de ton âge, ça ! Tu n'es plus un gamin, quoi ! Sans compter que c'est dégueulasse, ces trucs-là, moins on les tripote mieux ça vaut. La flotte croupie, c'est plein de mauvaises maladies.

Tout en parlant, il s'était calmé. Il posa son outil et, essuyant ses mains à son pantalon, il tira sa blague et roula une cigarette. Il l'alluma puis, avant de se remettre à l'ouvrage, il ajouta en riant :

— Déjà l'eau propre c'est mauvais à la santé, alors celle-là, tu parles !

Ils se remirent à l'ouvrage. A présent, le patron commençait à sortir à la pelle la vase du fond et c'était à chaque brouettée plusieurs dizaines de têtards que Robert vidait dans le fossé. Un peu d'eau noire était au fond du trou et, là, les petites bêtes grouillaient. De temps à autre, une salamandre émergeait, agitant une patte qu'elle posait sur les petits dos noirs et luisants, puis, basculant, elle montrait un ventre jaune ou rouge, presque lumineux, avant de disparaître.

Dans un angle du bassin, des ronces et du sureau avaient poussé. Arrivé là, le patron s'arrêta, tira son mouchoir, ôta sa casquette et s'épongea.

— Va dans la cour, dit-il, j'ai vu un croissant à long manche tout à l'heure, tu me l'apporteras.

La cour était déserte. Robert trouva tout de suite le croissant parmi d'autres outils. Il le prit, puis, comme il revenait, il vit un petit arrosoir rouge. Il regarda encore la maison et le jardin, s'approcha de l'arrosoir et le souleva. Il était plein aux trois quarts. Robert sourit, porta l'arrosoir près du noyer et revint en courant avec le croissant.

— Donne-nous un canon, on l'a bien gagné, dit le patron.

Robert ouvrit le panier et sortit un litre de vin rouge et le verre. Le patron vida son verre d'un trait et se remit à l'ouvrage. Robert but à son tour et fit encore plusieurs voyages avec la brouette. A présent, dès qu'il avait tourné l'angle du mur, il se mettait à courir, vidait en vitesse et sautait dans le fossé pour ramasser à pleines poignées les têtards, les larves, les salamandres, tout ce qui remuait dans la boue. Il avait appuyé l'arrosoir au tronc du noyer et quand il fit son premier voyage de branchages, il le dissimula sous les feuilles. Il ne savait pas comment il pourrait s'y prendre pour le porter à l'Orgeole, mais, comme le chantier devait durer plusieurs jours, il trouverait certainement un moyen. Il y réfléchissait, ne cessant plus de courir, de patauger et de fouiller le fond du fossé pour récupérer tout ce qui vivait encore.

Pendant ce temps, le patron déblayait toujours. Quand il eut coupé et tiré les premières ronces, il attaqua les sureaux, mais, comme il cherchait à déraciner un tronc de la grosseur d'un bras d'homme, une partie de la murette s'écroula. Il se redressa et se mit à jurer :

— Merde de merde, manquait plus que ça ! Du travail avec le prix fait d'avance ! Et moi qui n'ai même pas monté de ciment !

Il maugréa un moment puis, après avoir bu un verre, il reprit, un peu plus calme :

— C'est bon, quoi, tu vas descendre avec la remorque, tu remonteras un sac de ciment, un sac de sable, la caisse à gâcher et une truelle. Allez, file, pendant ce temps, je finirai de nettoyer.

Robert empoigna la remorque et, comme il s'éloignait déjà, le patron lança :

— Au retour, une fois en bas du raidillon, appelle-moi, j'irai t'aider à monter jusqu'ici !

— Ouais !

Robert s'arrêta, se retourna et lança un coup d'œil du côté du bassin. Le patron ne pouvait le voir. Abandonnant sa remorque, il bondit à travers le pré, saisit l'arrosoir aux têtards et le rapporta en courant. Il le posa dans la remorque, bien calé dans un angle de la caisse, et reprit sa route.

Tant qu'il fut dans le mauvais chemin, il marcha lentement, évitant les cahots qui faisaient gicler l'eau et les bêtes hors du récipient, mais une fois sur la route, entraîné par le poids de la charrette il se mit à courir. Il avait bien pensé à la coursière qui mène jusqu'au ruisseau et débouche sur la vieille route permettant ensuite de regagner Sainte-Luce, mais s'il prenait par-là, en sortant du bassin le patron pouvait le voir. Il y renonça et continua sa course.

Après le troisième virage, il ralentit et se retourna. L'avancée du coteau masquait la villa de Combe-Calou. Robert s'arrêta. Un pré puis un champ, puis d'autres prés encore dévalaient de la route jusqu'au bord de l'Orgeole. Il compta trois barrières et une haie. Un instant, il demeura immobile. Son regard allait du chemin qui le séparait du ruisseau à la remorque où se trouvait l'arrosoir. Enfin, posant l'arrosoir sur le sol, il engagea la charrette dans le fossé de droite où elle bascula, puis, reprenant son chargement, il traversa la route, sauta le talus et descendit en courant.

L'arrosoir était presque plein et l'eau giclait à chaque foulée. En passant sous la première barrière, il faillit le renverser. Mettant alors sa main sur le goulot, il vida une partie de l'eau. Il regarda. Ce qui restait n'était qu'un épais grouillement noirâtre où se tordait çà et là une tache rousse. Beaucoup de têtards étaient déjà sur le dos, ouvrant leurs petites gueules à la surface de l'eau. Alors, plus vite encore, Robert reprit sa course.

En passant la dernière haie, il se griffa la joue et les mains, et il sentit craquer sa chemise sur son épaule.

Avant de s'éloigner, il se retourna. D'ici, on apercevait le toit de la villa. Du ruisseau, on devait voir le mur du bassin. Il respira profondément comme un plongeur, repéra un buisson épais, et, d'une seule traite, tenant l'arrosoir à bout de bras, il traversa le pré et la vieille route qui se cache derrière les feuillages.

L'eau claire était là, à ses pieds, bondissant entre les roches brunes. Robert regarda entre les branches. Il vit la villa, mais le bassin restait dissimulé par le chemin. Sous le noyer, une tache foncée marquait le tas de vase et d'herbe et la coulée d'eau sur la terre.

Descendant sur les pierres, Robert se baissa et vida lentement son arrosoir. Le courant emportait aussitôt la vase et les bêtes. L'eau claire se troublait. Longtemps, il suivit des yeux cette traînée grise qui serpentait entre les roches. Il rinça son récipient où demeuraient collés quelques têtards minuscules. Puis, comme il allait se décider à le jeter, il pensa que quelqu'un avait pu le voir d'une fenêtre quand il l'avait pris dans la cour. Il lança encore un coup d'œil en direction de la villa, respira et fonça vers la haie contre laquelle il s'écroula, à bout de souffle.

D'ici, il n'entendait que l'Orgeole qui cascadait un peu en amont et le vent dans les grands peupliers. Couché sur le dos, il voyait de chaque côté de lui la terre monter vers les nuages. A gauche, elle était verte et boisée ; à droite, une fois passé la route qu'il devinait aux poteaux électriques, tout semblait grillé et poussiéreux.

Il resta longtemps ainsi, le regard fixé sur le ciel qui semblait se dérouler derrière la cime du coteau des Froids, et courir en traversant le val pour se coucher derrière le sommet pelé des coteaux d'en face.

8

Aussitôt de retour sur la route, Robert s'était assis au revers du fossé. Les mains pendantes entre les genoux, la tête bourdonnante, il avait eu du mal à reprendre son souffle. Enfin, remettant sa remorque sur le goudron, il avait repris sa course dans la descente, allongeant sa foulée et cherchant à garder une cadence bien régulière. L'air qui s'engouffrait dans sa chemise largement ouverte le rafraîchissait.

A la première borne-fontaine, il s'arrêta, but longuement et s'aspergea le visage.

Depuis un moment, le ciel n'était plus uniformément gris. De gros nuages roulaient, s'écartant parfois pour laisser filtrer un rayon de soleil. La lumière passait, puis s'éloignait comme emportée par le vent.

La maison était fermée. La patronne devait être au marché, et Robert chargea pour repartir aussitôt.

Au début, il marcha vite malgré les sacs, mais, à mesure que la pente s'accentuait, la remorque paraissait plus lourde. Il allait sur la pointe des pieds, mettant tout son poids dans l'effort, le corps allongé en avant, le souffle de plus en plus saccadé. Il regardait la route, repérait un arbre ou une borne, baissait la tête et forçait longtemps en ne fixant que le goudron au ras de la caisse. Puis quand il relevait la tête, il cherchait son point de repère. S'il l'avait atteint ou dépassé, il en prenait un autre et recommençait ; s'il était encore devant lui, il baissait de nouveau la tête et fonçait de plus belle. Son cœur battait fort, des gouttes de sueur coulant de son front et de ses tempes se balançaient un moment à son nez ou à son menton avant de tomber.

Quand il eut passé le deuxième virage, il s'arrêta et s'assit sur le timon, les pieds contre le talus. Le vent battait de plein fouet cette partie du coteau et Robert en aspirait de longues bouffées. En face de lui, sur l'autre versant du val, toute la partie boisée de la montagne grondait, agitée de courants, de remous, de brusques sursauts. De longs vols roux montaient, couraient sur les prés avant de s'arrêter contre les haies. Dans le ciel, quatre buses planaient, oscillant sur place, face au vent, sans un mouvement d'ailes. Dans un champ de pommes de terre qui se trouvait en contrebas, une vingtaine de corbeaux picoraient. Robert se souvint qu'il avait vu, une fois, un combat entre une buse et une volée de corbeaux. La buse avait dû se sauver en prenant très vite de l'altitude. Il espéra que les corbeaux du champ s'envoleraient pour attaquer les buses, mais ils continuaient de picorer. Robert chercha un caillou et ne trouva que des graviers. Il en lança une poignée, mais ils étaient trop légers pour atteindre le champ. Là-haut, les buses dormaient toujours sur la houle du vent.

Robert se leva, et, avant de repartir, regarda vers le fond de la vallée. Un coup de soleil venait de franchir les Bouvier, descendait l'autre versant et approchait du ruisseau. Il suivit des yeux sa course rapide. L'eau de l'Orgeole étincela entre les buissons et soudain le regard de Robert s'arrêta. Sur la vieille route, juste en dessous, quelqu'un marchait. La tache de soleil se tordit, grimpa vers lui, et, pendant quelques secondes, il sentit sa chaleur sur son visage et ses avant-bras nus. Déjà toute la vallée se trouvait de nouveau dans l'ombre.

Robert fixait toujours la vieille route où la mère Vintard avançait lentement. Malgré la distance, il l'avait reconnue tout de suite. Entièrement vêtue de noir, elle allait, courbée en avant, comme tirée vers le sol par le grand panier qu'elle portait d'une main, s'appuyant de l'autre sur son bâton.

Robert pensa au bâton. Ce devait être toujours le même. Une bonne branche de charmille noueuse dont elle menaçait les gamins qui lançaient des pierres dans son enclos. Il y pensa, puis, aussitôt, revit le geste de Serge soupesant la barre de fer. « Et avec ça, on en ferait taire de plus coriaces que cette vieille taupe ! »

La mère Vintard venait de s'arrêter. Elle posa son panier, porta sa main gauche à ses reins, la ramena en avant et demeura un moment, appuyée sur son bâton. Enfin, reprenant son panier, elle repartit, toujours cassée en deux.

Robert s'épongea le front où le vent glaçait les gouttes de sueur. Il ne parvenait pas à détacher ses yeux de cette forme noire. Il se remit pourtant à pousser sa remorque, fixant la route devant lui, mais, de temps à autre, il s'arrêtait, montait sur le talus et regardait vers le bas. Par instants, la mère Vintard disparaissait derrière un bouquet de peupliers ou de fayards, mais Robert savait où la situer. Il fixait les arbres, cherchant une trouée, attendant le moment où elle apparaîtrait de l'autre côté.

Plusieurs coups de soleil passèrent encore, et chaque fois la vieille route s'éclairait, presque blanche avec des taches couleur de tuile. La mère Vintard semblait alors plus noire, plus large aussi à cause de son ombre écrasée qui se confondait avec elle.

Enfin, elle parvint à l'endroit où la vieille route s'éloigne du ruisseau et s'enfonce entre les murgers, au pied des grandes friches. Dès qu'elle eut disparu, Robert repartit plus vite.

Il ne s'arrêta qu'une seule fois avant le débouché de la Combe-Calou. De là, il ne pouvait toujours pas voir la vieille. Il calcula qu'elle devait bien en avoir pour un bon quart d'heure avant d'atteindre l'endroit où la route réapparaît. Alors, comme il ne voulait pas appeler son patron à cause de l'arrosoir, il s'engagea seul dans le raidillon.

Il avançait par à-coups, soulevant un côté de la remorque quand une roue demeurait coincée dans une fondrière ou entre deux saillies de roche. Il ne s'arrêta guère que trois ou quatre fois pour regarder vers la ville puis vers le fond du val.

Enfin, de nouveau en nage et la gorge sèche, il atteignit le replat. Il se hâta de cacher l'arrosoir. Il était temps ; en entendant rouler la remorque, le patron se hissa sur le bord du bassin...

— Tu es monté tout seul ?

Robert fit oui de la tête en essuyant ses yeux où la sueur entrait.

— Eh bien, fit encore le patron, si je te le commandais, tu dirais que tu ne peux pas... En tout cas, ne viens pas me raconter que tu es crevé.

— J'ai appelé depuis la route, dit Robert, mais à cause du vent, vous n'avez pas dû entendre.

Le patron haussa les épaules :

— Tu n'as pas dû gueuler bien fort, dit-il, je préparais les pierres, je ne faisais pas de bruit.

Il regarda dans la remorque si tout y était, puis, débouchant le litre il emplit un verre qu'il tendit à Robert.

— Tiens, bois un coup, ça te remettra.

Le vin était frais. Robert le but lentement, sans quitter des yeux le point où la vieille route semblait jaillir des buissons grillés.

Le patron regarda sa montre, reprit le verre et dit :

— Onze heures et demie, tu as fait vite. Je me disais, s'il remonte à midi, il va bien trouver quelque paysan qui lui proposera d'attacher la remorque derrière sa carriole.

Robert n'écoutait pas. La vieille venait d'apparaître. A présent, elle n'était plus qu'une tache noire, mais il la reconnaissait pourtant. Et il continuait de la fixer, immobile, un peu ivre de fatigue, la tête pleine du bourdonnement du vent qui l'empoignait, plaquant sur son torse la toile trempée de sa chemise.

Soudain, le vent parut se fâcher, se séparer, heurter un courant opposé. Toute la montagne résonna.

— Voilà le père Paillot qui joue aux quilles, dit le patron avec un gros rire.

Robert imagina un instant la carrière ouverte sur l'autre versant de la montagne, là-bas, loin derrière eux, vers le nord. La poussière devait courir très vite et s'abattre sur la forêt. Avec le vent contraire, les détonations leur parvenaient comme déformées, étirées, l'une rejoignant l'autre, et c'était ce qui faisait ce bruit de tonnerre roulant sur les coteaux et emplissant toute la vallée.

Il y eut comme cela trois vagues successives, puis le vent parut se reposer un instant. Le silence fut presque parfait, un peu inquiétant. Enfin, le bois s'ébroua, les sapins ondulèrent et le bruit reprit. Alors seulement, Robert baissa les yeux et regarda la vieille. Mais la forme noire n'avait plus des contours aussi nets, parfois elle se brouillait, comme si le nuage gris des carrières eût remonté jusqu'ici le cours du vent. Et dans cette brume, passait l'ombre imprécise du père Paillot poussant les wagonnets chargés de pierre fumante.

9

A plusieurs reprises, le patron avait dû crier. Robert laissait prendre le ciment dans la caisse à gâcher, n'apportait pas les pierres assez vite ; et, chaque fois qu'il sortait du bassin pour aller chercher un outil ou des matériaux, il s'attardait à observer le fond de la vallée.

Malgré tout, à midi et demi, la murette éboulée était remontée et ils allèrent se laver les mains au puits de la cour.

— On va tâcher de trouver un coin abrité pour casser la croûte, dit le patron.

Robert enfila sa veste, prit le panier, et ils se dirigèrent vers le cabanon. Quelques mètres plus bas, ils découvrirent une petite dépression de terrain. Au fond et tout autour, l'herbe n'avait pas été fauchée. Ils s'installèrent là, le dos contre le talus.

— Comme dans un fauteuil, remarqua le patron. Et j'espère qu'après manger tu seras un peu plus en forme. Ma parole, pour être toujours dans la lune comme ça, faut que tu aies une fille qui te trotte par la tête !

Une fois assis, ils ne voyaient plus, en face d'eux, que le sommet de la montagne jusqu'au milieu du

Bois Noir. Tout le bas du coteau et le fond du val étaient cachés par le pli de terrain. Le vent passait au-dessus d'eux, agitant les herbes sèches d'où les graines s'envolaient. De temps à autre, il semblait s'arrêter, pour se laisser tomber dans le fond de leur trou. C'était alors comme une gifle tiède qui plaquait au sol des feuilles mortes et les papiers qu'ils avaient tirés du panier.

Robert mangeait lentement, les yeux mi-clos, le regard un peu flou posé à l'endroit où le ciel touchait la montagne. La crête boisée ondulait, les nuages roulaient au ras des feuillages, s'étiraient, changeaient de forme et s'ouvraient par endroits pour laisser apparaître un coin de ciel bleu. Une tache de lumière se formait alors sur un point de la terre, courait de pré en labour, de bois en friche ; plaquant au sol des ombres dures, traversait la vallée en quelques minutes pour disparaître en direction du nord. Parfois, elle passait au-dessus de la Combe-Calou, et réchauffait un instant le bas-fond où se trouvaient les deux hommes.

Tout en mangeant, le patron parlait. Il parlait du travail, des prix du fer ou du plomb et des clients qui se font toujours tirer l'oreille pour régler les factures. Parfois, il s'énervait tout seul, à d'autres moments, il se mettait à rire. Par habitude, Robert riait, sans avoir écouté. Quand le patron le prenait à témoin, il approuvait d'un mot ou d'un signe de tête. A un certain moment, le patron parla des cours d'apprentissage.

— Est-ce que tu fais tes devoirs, au moins ? demanda-t-il.

— Bien sûr. Bien sûr.

— Faudra me montrer tes cahiers que je voie un peu s'ils ne vous racontent pas trop de conneries.

Robert n'avait pas ouvert un cahier depuis le dernier cours. Il y pensa un instant, mais déjà le patron parlait d'autre chose. Robert s'efforça de suivre ce qu'il disait, mais sa pensée était ailleurs. Elle allait de Christophe à Serge et suivait la vieille route jusqu'à l'embranchement du chemin des Froids.

Sur cette route, il y avait toujours la mère Vintard qui avançait lentement, cassée en deux et appuyée sur son bâton. Robert la suivait. Il retrouvait chaque détail du chemin. A chaque bouquet d'arbres il attendait, guettant l'instant où la vieille sortirait. Enfin, elle arrivait à l'endroit où la route disparaît au pied des grandes friches. Et là, chaque fois, Robert la retrouvait à l'endroit précis où il l'avait aperçue le matin. Elle marchait, s'arrêtait, posait son panier, portait sa main à ses reins et repartait. Ainsi, vingt fois peut-être, le manège recommença.

Robert secoua la tête, passa sa main sur ses yeux et s'efforça de fixer sa pensée sur autre chose. Il revit les têtards et les salamandres partant avec la vase au fil de l'eau claire du ruisseau. Mais aussitôt, il se retrouva sur la route où passait la vieille. Il pensa même qu'à un quart d'heure près, il se serait trouvé là avec elle. Il y avait longtemps qu'il ne l'avait pas vue de près. Depuis le temps où, avec ses camarades d'école, il allait dans les bois, chaque jeudi. Alors, il se représenta parfaitement la ferme de la vieille, les ruines derrière, la fuite du coteau ensuite, mais il le voyait de jour, en plein soleil.

Le chien, le grand Fineau était là. Il courait en gueulant dans l'enclos, se dressait contre le grillage, hurlait plus fort puis repartait. A son passage, les poules s'arrêtaient de picorer, le regardaient en tournant la tête par saccades, puis, dès qu'il s'était éloigné, elles se remettaient à labourer d'une patte rageuse la terre pelée. La vieille allait et venait, du bûcher à l'écurie, de la cuisine à la grange, ne s'arrêtant pour crier après son chien que s'il se plantait devant elle.

A mesure que le temps passait, tout devenait plus net. Des détails oubliés réapparaissaient un à un, mais toujours il y avait de la lumière sur tout, une lumière de plein jour, et du monde qui passait sur la vieille route ou grimpait le chemin des Froids.

Quand ils eurent fini de manger, le patron roula une cigarette, l'alluma, tira quelques bouffées puis, laissant aller sa tête contre le talus, il ramena sa casquette sur ses yeux. Quand il s'arrêta de parler, Robert se tourna vers lui. Il dormait. Alors, Robert se leva sans bruit et sortit du trou.

Dès qu'il fut debout sur le bord, il regarda la vallée. Il y avait justement une grande déchirure dans les nuages et toute une bande de ciel bleu s'allongeait au sud-ouest. Le sommet de la montagne d'en face était éclairé, quelques points du ruisseau et une partie de la vieille route aussi ; mais tout le coteau des Froids était dans l'ombre. Une ombre noire, déjà épaisse, et qui s'allongeait sur Malataverne. Une ombre qui ne venait pas des nuages, mais de la montagne où la forêt s'ébrouait, roulant comme un torrent.

Robert était à présent en plein vent. Ce vent était tiède mais, pourtant, il frissonna. Il se mit à marcher à flanc de pré en direction des Ferry. Au bout d'une centaine de mètres, il aperçut un pan de toit. C'était bien la ferme avec son tilleul. Il continua et découvrit bientôt toute la maison et la cour. Là aussi, les volailles picoraient, mais c'était la seule vie. Un maigre filet de fumée blanche sortait de la cheminée, que le vent rabattait aussitôt sur le toit et emportait vers une genêtière semée de roches grises où il se perdait.

Robert s'était assis dans l'herbe. Peut-être Gilberte allait-elle sortir ? En courant, il lui faudrait à peine cinq minutes pour être vers elle. D'ailleurs, si elle le voyait, elle viendrait sans doute à sa rencontre.

Il imagina leur course. Il fouilla le coteau du regard et pensa qu'ils pourraient aller jusqu'au chemin de Montfort. Là, personne ne pouvait les voir.

Mais la cour des Ferry demeurait vide et Robert regarda de nouveau vers Malataverne.

La mère Vintard venait de sortir. Elle était derrière sa maison et se dirigeait vers ses pommiers. Elle portait une corbeille. Arrivée sous les arbres, elle se mit à ramasser. Son chien l'avait suivie jusqu'à la barrière, mais elle ne l'avait pas laissé sortir et il l'attendait, couché de tout son long, le nez sous le grillage et la queue balayant le sol.

Le vent avait nettoyé l'atmosphère et chaque détail se distinguait de très loin.

En regardant la vieille, Robert sentait quelque chose se serrer en lui. Quelque chose qu'il avait déjà ressenti le matin sur la route, mais qui prenait plus de force.

Il allait s'en aller quand Gilberte apparut. Elle traversait la cour, un chaudron fumant dans la main. Robert porta ses doigts à sa bouche puis s'arrêta en pensant au patron et aux parents de Gilberte. Il se leva et se mit à courir en agitant le bras.

La petite l'avait vu. Elle posa ses chaudrons devant la porte de la soue, jeta un coup d'œil vers la maison et grimpa droit vers le chemin de Montfort. Robert obliqua dans cette direction.

Dès qu'ils se furent rejoints, ils se laissèrent tomber dans le pré, derrière les noisetiers qui bordent le chemin. Ils étaient essoufflés. Une minute, ils restèrent à se regarder en souriant et en respirant très fort. Puis le visage de Gilberte devint soudain grave, son front se plissa.

— Tu sais la nouvelle ? demanda-t-elle.

— Quoi ?

— Hier soir, ce qu'on a entendu, c'était bien des voleurs. Ils ont emmené des kilos de fromages à moitié secs de chez les Bouvier.

Robert regarda vers les Bouvier qu'on apercevait entre les branches, et il fit seulement à voix très basse :

— Ah ! Tiens !

— Seulement, le plus grave, c'est pas ça.

Robert n'osait toujours pas regarder Gilberte qui poursuivit :

— Pendant qu'ils volaient, ils avaient laissé la barrière ouverte. Et une génisse est sortie, le père Bouvier n'a pas pensé à ça. Il a refermé sa barrière sans regarder. Il s'en est aperçu seulement ce matin en allant chercher ses vaches pour traire. Alors, ils se sont mis à sa recherche. Ils l'ont trouvée un peu plus haut... Crevée... toute gonflée... en plein milieu d'une luzerne !

A mesure qu'elle parlait, sa voix montait avec un tremblement de colère. Robert se tourna vers elle. Elle était rouge. Ses yeux s'étaient encore durcis.

— Tu te rends compte, dit-elle. Une génisse ? Mais ils ne savent pas ce que ça vaut !... Ce matin, au marché, tout le monde ne parlait que de ça. Les Bouvier ont porté plainte. On trouvera sûrement ceux qui ont fait le coup... Ça va leur coûter cher, à ceux-là !

Robert hésita. Il fixait l'herbe, tout près de lui. Il en arracha un brin qu'il se mit à mâcher puis il dit :

— Ils ne sont peut-être pas d'ici ?

— Les gendarmes pensent que si. Ils ont des doutes sur des jeunes de Sainte-Luce.

— Sur qui ?

— Je ne sais pas, moi. Tu penses bien qu'ils n'ont rien dit.

Elle se tut un instant puis elle ajouta, d'une voix qui tremblait vraiment :

— En tout cas, tous les hommes des fermes sont bien décidés à faire la police, si les gendarmes ne veulent pas la faire. Et mon père dit que cette nuit, tous les fusils du canton seront chargés à chevrotines.

Robert mâchait toujours son brin d'herbe. Gilberte se tut, le regarda puis, plus calme, elle demanda :

— Qu'est-ce que tu as ? Tu es pâle, on dirait que tu n'es pas bien.

Robert sentit son visage devenir soudain brûlant. Alors, brusquement, il se leva, regarda vers Combe-Calou et bredouilla :

— Si, si, ça va bien... Mais le patron va me chercher. Faut que je me sauve.

Il sauta dans le chemin, puis dans le pré en contrebas et dévala très vite.

— Tu...

Il ne comprit pas le reste de la phrase de Gilberte. Puis, comme il se retournait pour lui faire signe, elle cria :

— A ce soir !

Il agita encore la main et se remit à courir.

10

L'après-midi, Robert et son patron commencèrent à creuser la tranchée qui devait aller d'un puits situé derrière le jardin jusqu'à la maison. La terre était dure, et ils rencontraient de nombreuses roches qu'il fallait détacher en feuilles épaisses, à coups de pic et de barre à mine. Le vent avait parfois de brusques sursauts, et lorsqu'ils jetaient la terre sur le pré, la poussière leur volait dans les yeux. Le patron jurait, crachait et Robert se frottait les paupières sans rien dire.

Dans le milieu de l'après-midi, le propriétaire de la villa vint leur apporter un litre de vin. Le patron sauta hors de la tranchée.

— Allons, petit, dit-il, pose ta pioche une minute et viens trinquer.

Robert sortit à son tour. L'homme était un Lyonnais qui avait acheté cette villa pour y passer l'été. Il était grand et sec et pouvait avoir une cinquantaine d'années. Il dévisagea Robert, lui versa du vin et dit au patron :

— Vous avez un bon ouvrier. Tout à l'heure, je vous regardais de la fenêtre, il a l'air de mettre, comme on dit, du cœur à l'ouvrage.

Le patron sourit.

— C'est un bon petit gars, dit-il. Je n'ai pas à m'en plaindre, il est seulement parfois un peu dans la lune. Par exemple, cet après-midi, je ne sais pas si c'est l'effet du vent du sud, mais ma foi, il me crèverait !

L'homme s'était mis à rire.

— On prétend, dit-il, que le vent du sud excite les fous, mais ce garçon a pourtant l'air bien d'aplomb !

Le patron et Robert riaient aussi. L'homme leur offrit des cigarettes. Le patron ouvrit la sienne pour la rouler dans une autre feuille en s'excusant :

— J'aime mieux ce papier, et puis, autrement, ça se fume tout seul.

— Surtout avec un vent pareil, dit l'homme.

Le vent soufflait tellement que le patron dut descendre dans la tranchée pour allumer son briquet. Ensuite, il leur donna du feu avec sa cigarette.

Ils burent encore une fois en parlant de la canalisation, puis l'homme leur laissa le reste du litre et s'éloigna.

Pendant qu'ils parlaient, Robert s'était mis à fixer Malataverne. Tout le Bois Noir remuait. Le vent apportait jusqu'ici son grondement sourd. Dans le val, autour de la ferme et des ruines, les arbres isolés s'agitaient, tout semblait pris d'une même folie.

Robert regardait. Il regardait sans voir vraiment, et il ne savait plus très bien si le tumulte montait du val ou s'il était au fond de lui.

Par moments, il lui semblait que le temps s'arrêtait ; que l'après-midi ne finirait jamais et qu'il allait, toute sa vie, piocher et pelleter dans ce pré, avec ce même vent pour lui souffler au visage une haleine chargée de poussière. Puis tout de suite après, il avait le sentiment que le temps passait vite, que le soir allait venir d'un coup et le surprendre, l'obliger à quitter cette tranchée où il se sentait bien. Alors, il y avait en lui comme une vague ; comme une onde de force qui l'envahissait, l'obligeant à frapper plus fort sur la roche où son pic sonnait, d'où jaillissaient des étincelles.

Quand il avait détaché un gros bloc, il le saisissait, s'arc-boutait contre la paroi dont les saillants lui labouraient le dos, et le soulevait jusqu'au bord pour le faire basculer sur le pré.

— Va pas t'esquinter, disait le patron, si c'est lourd, appelle-moi.

Mais Robert continuait, buté, rageur, comme accroché à l'effort. Le patron haussait les épaules, s'arrêtait le temps de rallumer son mégot et grommelait :

— Va toujours, va toujours, petit. On verra si demain tu seras aussi frais ! Faut se méfier. On n'est pas comme ceux qui font du terrassement tous les jours, nous autres. Demain, tu vas ramer toute la journée !

Demain. Demain... Mâchant ce mot, Robert serrait plus fort le manche de son outil. Plusieurs fois, il sentit sa gorge se contracter. Quelque chose se nouait dans sa poitrine et il se retenait pour ne pas se retourner et crier qu'il ne voulait pas s'en aller, qu'il coucherait là, dans la tranchée, qu'il y resterait tant que... Il ne savait pas jusqu'à quand.

Mais il ne criait pas. Il ne pouvait pas crier. Il cognait plus fort sur la roche ou dans la terre sèche, et le malaise se dissipait. Tout semblait s'éloigner de lui, et l'idée même d'avoir voulu crier lui paraissait ridicule. Sa gorge se serrait de nouveau mais c'était à cause d'une terrible envie de rire qui lui venait en imaginant la tête du patron s'il s'était mis ainsi à crier qu'il voulait partir tout de suite ou rester ici pour y passer la nuit à piocher.

Alors, il travaillait longtemps en luttant contre son envie de se redresser pour regarder du côté de Malataverne. Sans sortir de la tranchée, il pouvait juste voir le toit de la ferme et la masse sombre des arbres entourant les ruines. De la cheminée, un peu de fumée sortait par bouffées. Alors, il revoyait la vieille. Il la voyait sur la route, grosse comme une fourmi, avec son ombre trapue sur le sol lumineux ; il la voyait dans sa cour, avec ses bêtes ; puis, malgré lui, il imaginait la cuisine et la chambre de la vieille avec le pot de grès et les ustensiles.

Il n'était jamais entré dans la ferme, et il avait du mal à se représenter les lieux. Chaque fois que sa pensée revenait là, c'était pour les voir différents.

Il s'énervait. Ses coups de pioche portaient à faux sur le roc et le patron levait la tête.

— Fais attention, criait-il. Va moins vite mais cherche les failles. Si tu tapes à pleine roche, tu casseras ton outil et tu n'arriveras à rien !

Robert se redressait. S'imposait une minute d'immobilité sans regarder vers le bas. Il cherchait à flanc de côte un point où fixer ses yeux et il demeurait ainsi, respirant profondément. S'appliquant à dominer sa fièvre.

Une ampoule s'était formée dans sa main droite. Il appuyait dessus avec son pouce en fermant le poing. Il appuyait lentement, savourant la douleur qui augmentait. Il fermait les yeux, et appuyait encore de toute sa force avant d'ouvrir brusquement la main. Alors, la douleur s'élargissait, filait jusqu'au bout des doigts un peu gourds et finissait par disparaître.

Il attendait encore quelques instants et reprenait le travail.

Sa tête bourdonnait, la ferme de la mère Vintard réapparaissait, où il entrait, imaginant l'emplacement des meubles, l'aspect des murs... Et toujours, à un moment donné, tout s'éloignait. Un peu comme s'il se fût enfui de la maison.

De temps à autre, il s'arrêtait de piocher pour ramasser et lancer sur le pré une sauterelle ou un grillon tombé dans la tranchée.

Il lui arriva aussi de regarder du côté des Bouvier. Là-haut, rien ne vivait que les arbres et les vaches qui se trouvaient assez loin de la ferme, dans un enclos où une source sortait de terre entre deux châtaigniers. En dessous, une longue traînée de joncs s'élargissait pour se perdre dans le pré.

Le regard de Robert revenait sur la ferme, s'y fixait un moment, puis il baissait les yeux. Il se représentait alors le fermier, avec sa grande moustache, son visage tanné et ridé, son œil gauche à moitié fermé. Il se trouvait debout dans sa luzerne devant le cadavre gonflé de sa génisse.

D'ici, Robert pouvait voir, au bord du chemin des Froids, à peine plus haut que la ferme, un carré vert foncé en bordure du bois. Ce devait être ça, la luzerne. Il y revint quelquefois, mais, toujours, c'était la maison de la vieille qui finissait par s'imposer à lui.

A 6 heures et demie, quand le patron ordonna la fin du travail, il faisait grand jour. Pourtant, le ciel, de plus en plus sombre, semblait s'être rapproché des montagnes et, dans le bas-fond, un début de nuit coulait du Bois Noir vers les bords de l'Orgeole. Par endroits, des branchages soulevés par le vent laissaient filer un éclair gris, puis l'ombre se refermait.

Ils couchèrent les pelles dans la tranchée et portèrent dans la boutasse les manches de pioche que le vent avait desséchés. L'eau montait. La murette tenait bon.

— Allez, dit le patron, en route.

Robert empoigna le timon de la remorque vide et descendit le raidillon.

Sur la route, ils marchèrent d'un bon pas. Ils croisèrent plusieurs voitures qui montaient vers Duerne. Puis, comme ils sortaient d'un virage, deux cyclistes les dépassèrent qu'ils n'avaient pas entendu venir. Au passage, l'un d'eux cria :

— Bonsoir, Fernand !

— Adieu, Georges ! cria le patron.

Robert eut un sursaut. Les deux cyclistes étaient des gendarmes. Son visage était devenu brûlant. Les gendarmes avaient disparu depuis longtemps que son cœur battait encore comme après une longue course.

tron criait trop fort, elle avait une façon de regarder Robert qui suffisait à lui redonner courage. Devant elle, il n'avait jamais osé pleurer.

Un jour, il était entré dans la cuisine alors qu'elle était seule. Un tiroir du buffet était posé sur la table et elle rangeait des papiers. Elle lui avait demandé :

— Est-ce que vous faites du sport, Robert ?

— A l'école, je jouais au foot.

— Moi, avant d'être mariée, je faisais du basket, tenez, regardez.

Elle lui avait montré une photographie d'une équipe. Robert avait regardé sans rien trouver à dire. Mais, la nuit, il avait rêvé que le patron tombait d'un toit et se tuait. Restée seule, la patonne pleurait en disant : « Si j'avais quinze ans de moins, je vous épouserais, Robert. » Robert la consolait, et ils se mariaient tout de même.

Souvent, il pensait à ce rêve. Parfois, il se demandait s'il dormait vraiment, la nuit où il l'avait fait.

Il leva les yeux. Elle mangeait. Il resta ainsi et au bout d'un moment ce fut elle qui leva la tête. Leurs regards se croisèrent et Robert pensa soudain qu'elle pouvait certainement l'aider. Mais, sans se tourner vers lui, au bord de son regard, il apercevait le patron. Le patron était là, les coudes sur la table, la casquette rejetée en arrière et qui mangeait sa soupe sans lever le nez de son assiette. De temps à autre, Robert le voyait poser sa cuillère pour s'essuyer la moustache d'un revers de main.

Oui, sans doute, la patronne l'aiderait... Mais à quoi faire au juste ? Et de quelle façon ? Que pouvait-il lui demander ?

Robert se rappela certaines colères terribles

du patron. Il revit le regard qu'elle avait toujours eu et il sentait encore ce qui s'était passé en lui chaque fois.

Puis il pensa à Christophe et à Serge, à la vieille de Malataverne, aux maraudes, à tout ce qu'il devrait révéler à la patronne pour lui demander son aide. Alors, il baissa les yeux et n'osa plus la regarder.

Il avait fini sa soupe. Le patron s'était servi une deuxième assiettée et continuait seul de manger. Le bruit de sa cuillère raclant l'assiette, la soupe retombant, sa bouche qui aspirait le pain trempé et le bouillon étaient les seuls bruits. Robert eut encore l'impression que le temps venait de s'arrêter.

La patronne se leva et emporta le fait-tout qu'elle posa sur la cuisinière.

Une fois la soupe terminée, le patron demanda si tous les clients des environs étaient venus chercher leurs outils. Elle donna les noms de ceux qui n'étaient pas passés. Elle était restée debout pour faire l'omelette et parlait, le dos tourné, tout en battant ses œufs dans un petit saladier posé sur le bord du réchaud à gaz. Robert ne quittait pas des yeux ses cheveux que le mouvement de son bras faisait danser sur ses épaules. Quand elle versa les œufs dans le beurre qui grésillait, il y eut un grand chuintement et elle se tut. Elle tenait le bol pour le laisser s'égoutter et, sous son bras levé, Robert aperçut un triangle de peau très blanche. Elle posa son bol, agita un peu sa poêle puis, se retournant à demi, elle se mit à parler du marché.

Robert se sentit rougir et baissa la tête. Il était assis le dos à la fenêtre ; le jour diminuait de plus en plus et il se dit qu'on ne le remarquerait sans doute pas. Il pensa aussi que, le matin, au déjeuner, quand la patronne n'était pas là, il s'asseyait toujours à sa place, face à la fenêtre.

Elle parla longuement des prix et de ce qui s'était vendu le mieux. Elle expliqua ensuite qu'un garçon de Brussieu qui arrivait de la route nationale avec son cyclomoteur avait renversé une vieille dame de Saint-Laurent.

— Ils sont tous complètement cinglés, observa le patron. Moi, je dis qu'on devrait interdire les engins à moteur aux gamins.

Elle retourna son omelette, la laissa griller encore quelques instants, puis apporta la poêle sur la table. Elle coupa trois parts avec sa fourchette, servit le patron, Robert, puis elle-même. Ils mangèrent un moment sans rien dire et Robert pensait déjà qu'on ne parlerait plus du marché quand la patronne demanda :

— Est-ce que vous avez appris quelque chose de nouveau, là-haut, à propos de l'histoire des Bouvier ?

— Quelle histoire ?

Robert se pencha davantage vers son assiette. La patronne mangea une bouchée puis se mit à raconter. Quand elle s'interrompait, le patron hochait la tête et grognait en laissant retomber sa main sur la table :

— Bande de salopards ! Bande de merdeux ! Ça fait un moment que ça dure, ces histoires de maraudes. Et c'est sûrement toujours la même équipe. Il y en a des coups de pieds au cul qui se perdent ! Et dire qu'il n'y aura pas un chasseur pour leur envoyer une bonne seringuée de plomb dans les fesses !

— Cette fois, je crois qu'ils sont allés un peu fort. Ça risque vraiment de faire du bruit et les gendarmes ont l'air de vouloir s'en occuper sérieusement.

— Ce sera pas trop tôt, bon Dieu !

Le patron grommela encore longtemps puis il y eut un long silence quand ils commencèrent de manger les pommes de terre. Ensuite, ils parlèrent du chantier de la Combe-Calou, d'une facture qui était arrivée et qu'il fallait régler tout de suite et de plusieurs choses que Robert entendit comme s'il se fût trouvé très loin d'eux.

Le jour baissait. La nuit sortait de chaque angle de la pièce. La flamme bleue du gaz vibrait sous la bouilloire où l'eau commençait à chanter. Robert était arrivé à ne plus penser, à ne plus rien voir que le visage lointain de la patronne qui était la seule tache encore claire dans la pénombre où tout se confondait.

— On n'y voit plus rien, dit le patron, va éclairer, petit.

Robert mit quelques secondes à réagir. Il se leva, appuya sur l'interrupteur et revint s'asseoir. Il tenta de fermer à demi les yeux pour retrouver ce que la lumière avait chassé, mais tout était changé. Les patrons s'étaient mis à parler. Il les écouta. Chaque mot lui parvenait, il le comprenait mais rien pourtant de ce qu'ils disaient n'avait de sens pour lui.

Il mangeait. Il mangeait lentement et, pourtant, il sentait à présent la nécessité d'aller très vite prévenir Christophe.

Il fallait sortir, courir jusqu'à l'épicerie et le voir à tout prix. Robert le savait. Il se voyait en train de courir dans la grand-rue et sur la place, et cependant, il ne parvenait pas à manger plus rapidement.

Les voix s'éloignaient. Malgré la lumière, l'engourdissement revenait. Le visage de la patronne restait seul éclairé et Robert levait sans cesse la tête vers elle. Il n'avait plus envie de partir. Il allait rester là. Le patron s'en irait. Il demeurerait seul avec elle et ils se regarderaient sans parler. Et il n'aurait plus jamais envie de sortir.

A un certain moment, elle lui parlerait. Il s'approcherait d'elle pour lui répondre. Il l'appellerait Josiane ; à voix basse. Elle sourirait en venant vers lui. Alors, tout serait facile...

Elle se leva, emporta la cocotte de fonte et servit ensuite le fromage. Ils mangèrent encore, puis le patron repoussa son assiette, balaya la toile cirée du tranchant de sa main pour poser devant lui sa blague à tabac, ses feuilles et son briquet. Alors, la patronne commença de débarrasser la table.

Robert ne la regardait plus, mais il voyait son ombre se déplacer dans la pièce. Il se répétait sans cesse : « Lève-toi... va trouver Christophe. Lève-toi... va trouver Christophe... »

La patronne essuyait la table. Quand elle passa derrière lui, il sentit son parfum. Elle se pencha et le tissu de sa jupe frôla la main de Robert qui frissonna. Il entendit quelques miettes de pain tomber sur le lino, puis la patronne lui dit :

— Eh bien, mon petit Robert, vous êtes mort de fatigue. Il faut aller vous coucher.

Il la regarda. Elle souriait. Un soupir monta en lui, il sourit à son tour, se leva, dit bonsoir et se dirigea vers la porte. Tandis qu'il sortait, le patron lui cria comme chaque soir :

— En partant, tire bien la grille de la cour... Et tâche d'être à l'heure demain matin !

TROISIÈME PARTIE

12

Le jour finissait. A l'ouest, au ras des montagnes, les nuages se teintaient de rouge. Les lampes de la rue étaient déjà allumées.

Le vent soufflait toujours et Robert demeura un moment le dos contre le mur de la maison. Il se sentait sans force et seul. Le visage de la patronne était devant lui. Il entendit plusieurs fois son prénom : « Josiane... Josiane. »

Un coup de vent très fort s'engouffra dans la rue et Robert frissonna. Il se retourna pour regarder encore la cour de l'autre côté de la grille que le vent secouait. Il suffirait d'ouvrir. D'entrer. De marcher jusqu'à la porte de la cuisine...

Soudain, Robert haussa les épaules, repoussa le mur derrière lui de ses deux mains et s'élança sur le trottoir.

Sur un seuil, deux hommes et une femme bavardaient.

A chaque pas qu'il faisait, Robert sentait un grand choc qui se répercutait jusque dans sa tête. La cuisine était là, devant lui, tiède et claire, et la patronne était assise à côté de lui.

Il se voyait ainsi. Et pourtant, il s'éloignait en courant de cette maison avec le sentiment qu'il ne pourrait jamais plus y revenir. Depuis qu'il avait fermé la porte de cette pièce, il ressentait quelque chose d'indéfinissable, quelque chose qui le suivait et qui lui faisait peur.

Devant lui, une voiture déboucha d'une ruelle et s'éloigna en direction de la grand-route.

A l'angle de la place, Robert s'arrêta. Il y avait de la lumière dans l'épicerie des Girard. Il traversa, longea la façade jusqu'au bord de la vitrine. L'étalage extérieur était rentré et encombrait le milieu du magasin. Robert se pencha. Le père de Christophe était assis derrière la caisse, que dépassait sa tête inclinée en avant. Il devait compter sa recette de la journée. Robert se recula et poussa doucement la porte du couloir. Il y avait de la lumière à la cuisine mais la moto n'était pas là.

Il modula pourtant le coup de sifflet de ralliement, doucement d'abord ; attendit, puis recommença plus fort. Il alla sur la pointe des pieds jusqu'à la porte vitrée et regarda par-dessus les rideaux. Il n'y avait personne dans la pièce. Sur la cuisinière électrique, une cafetière laissait filer un jet de vapeur. Robert se retourna, revint sur le trottoir et, après avoir longtemps hésité, il entra dans le magasin.

Le père Girard leva la tête.

— Bonsoir, monsieur, dit Robert.

— Bonsoir. Qu'est-ce qu'il te faut ?

Robert fit des yeux le tour des rayons où s'alignaient les boîtes de conserves, les paquets de lessive et les bouteilles ; il fit un pas en avant, regarda l'homme et demanda :

— J'aurais voulu voir Christophe.

L'épicier s'était remis à compter ses billets. Il acheva une liasse qu'il épingla, puis il dit :

— Il est allé faire un saut jusqu'à l'Arbresle avec la moto. Il avait un colis à porter pour un camarade.

Robert pensa aux fromages. L'homme s'était accoudé à la table qui se trouvait derrière son comptoir. Il restait la tête baissée pour regarder Robert par-dessus ses lunettes. Son crâne, chauve sur le devant, brillait autant que la matière plastique blanche qui recouvrait le comptoir.

— Si tu veux l'attendre, poursuivit-il, je ne pense pas qu'il tarde bien... Il devait déjà y aller ce matin, seulement, avec le marché, on a eu beaucoup à faire.

Robert ne répondit pas. Il demeurait planté au milieu du magasin, les mains pendantes, le regard rivé au point le plus brillant du crâne de l'épicier.

— En tout cas, reprit l'homme après un temps, si c'est pour sortir, je ne crois pas qu'il sorte ce soir ; ça l'embêtait déjà bien d'avoir cette course à faire parce qu'il est fatigué et il veut se coucher tôt. Seulement, tu sais comme il est, lui, il ne sait jamais refuser un service. Et au fond, il a raison, le commerce, c'est ça !

Sur ces derniers mots, il s'était mis à rire. Il se leva et s'avança jusqu'au banc où se trouvaient les cagettes de fruits. Il était large comme Christophe, mais bien plus gros ; et les lacets de son tablier bleu semblaient soutenir son ventre. Il choisit une grappe de raisin qu'il tendit à Robert.

— Tiens, ça t'occupera en attendant.

Robert remercia et se mit à manger le raisin. L'épicier ôta ses lunettes qu'il posa sur la caisse et revint vers Robert. Il souriait. Les deux mains à demi enfoncées dans la poche de son tablier, il avait l'air de soutenir son ventre. Il parlait doucement, toujours en souriant.

— On a eu une rude journée, aujourd'hui. Il y des jours comme ça, on ne sait plus où donner de la tête.

Robert l'écoutait à peine. Comme chez son patron, il se sentait de nouveau pris par l'envie de rester là, de ne plus voir personne d'autre que ce gros homme qu'il trouvait gentil. Avec lui, rien de mauvais ne pouvait survenir. Il pensait aussi à la cuisine avec la cafetière qui soufflait sa vapeur blanche.

Il avait achevé son raisin et tenait la grappe au bout de ses doigts.

— Jette par terre, va, dit l'homme. On balaie le matin, une fois qu'on a sorti l'étalage... Maintenant, si tu ne veux pas l'attendre, je peux lui faire une commission.

Robert respira profondément puis il dit :

— Oh non, je voulais le voir comme ça... C'était juste pour le voir... Je le verrai demain.

— Comme tu veux... C'est comme tu veux.

L'homme suivit Robert jusqu'à la porte et sortit sur le seuil.

— Bonsoir, monsieur, dit Robert. Merci bien.

— Pas de quoi, mon vieux. Bonsoir.

Le vent courait toujours, mais le ciel semblait s'être un peu éclairci. Çà et là, des étoiles apparaissaient pour s'éteindre aussitôt tandis que d'autres s'allumaient plus loin.

Au milieu de la place, Robert se retourna. Le père Girard était debout sur le pas de sa porte.

Robert prit la grand-rue et continua jusqu'à la route de l'Abresle. Là, il traversa et alla s'asseoir sur la murette qui borde le terrain vague. Au croisement, il n'y avait qu'une seule lampe et la lumière ne venait pas jusqu'à lui. En face, tout le rez-de-chaussée de l'hôtel était éclairé, mais la salle de café paraissait vide. Quelques voitures passèrent, des camions aussi, puis Robert reconnut le moteur d'une moto. Il s'avança de façon à être éclairé par le phare quand la moto prendrait le virage. C'était bien le même ronflement que la moto de Christophe. Quand elle déboucha derrière la maison d'angle, Robert fut ébloui et ne put rien voir. Il fit cependant un geste de la main. La moto passa devant lui, freina et s'arrêta un peu plus loin. Il courut. Tout de suite, à voix basse mais sur un ton de colère, Christophe demanda :

— Qu'est-ce que tu fous là ? Tu es cinglé. Tu sais bien ce qu'on a dit hier. Merde alors, avec des mecs comme toi, on n'est jamais sûr de rien !

— Ecoute-moi... Il faut que je te dise.

— Quoi ? Qu'est-ce qu'il y a ?

Le moteur de la moto tournait au ralenti.

— Les gendarmes..., commença Robert. Les gendarmes pour hier... Les Bouvier ont porté plainte...

— Qu'est-ce que tu m'emmerdes ! Si c'est tout ce que tu as de neuf à m'apprendre, tu repasseras. J'ai entendu rabâcher ça toute la matinée au magasin.

— Et alors ?

— Et alors quoi ? On t'a demandé quelque chose ? Ils sont venus te trouver ?

— Non, mais...

— Eh bien ! Qu'est-ce que tu réclames ? Tiens-toi tranquille, boucle-la, va te coucher jusqu'à 11 heures et fais ce que je t'ai dit. Moi, je fonce m'occuper du clébard. Je devrais y être depuis un quart d'heure.

Déjà le moteur tournait plus vite, Christophe débrayait quand Robert lui saisit le bras.

— Non... Faut pas... On ne peut pas... Faut laisser tomber ça... Je te dis qu'on ne peut pas.

Les mots étaient hachés. Sa voix tremblait. Christophe arrêta son moteur.

— Tu as quelque chose de nouveau ?

Robert hésita. Une voiture passa. Il la laissa s'éloigner. Christophe le prit par son revers de veste et le secoua.

— Alors, parle, quoi, si tu sais quelque chose !

— Je t'expliquerai demain... Je ne peux pas te dire ça comme ça... ici... Mais... Mais je suis sûr qu'on ne peut pas.

Christophe le lâcha, descendit et, empoignant le guidon à deux mains, il monta sa moto sur le trottoir et l'appuya contre la murette. Puis, prenant Robert par le bras, il l'entraîna :

— Allez, amène-toi, tu en as trop dit ou pas assez.

Ils enjambèrent la murette et marchèrent jusqu'à un garage qu'ils contournèrent. Là, Christophe se planta devant Robert. Ils étaient à peine éclairés par le reflet de la lampe dans la verrière du garage.

— Alors ? demanda Christophe. Vas-y. Je t'écoute.

— On ne peut pas... C'est pas possible.

Christophe s'énerva. Sa voix se fit grinçante.

— Ça fait vingt fois que tu le dis ! Explique-toi... La raison ?

— Tout le monde va se méfier... Les gendarmes vont surveiller... Les paysans aussi...

— C'est tout ?... Si je comprends bien, tu as la pétoche. Rien de plus... Et à cause de ça tu voudrais qu'on laisse tomber ? Mais espèce de con, tu ne comprends donc pas que c'est juste le moment, au contraire ! La baraque de la vieille se trouve dans le même coin que les Bouvier, si les cognes surveillent cette nuit, sois tranquille, ce sera sûrement pas dans ce coin-là. Ils ne penseront jamais que des mecs auraient le culot de faire deux coups à un jour d'intervalle dans le même secteur.

A mesure qu'il parlait, sa colère tombait. A présent, il expliquait posément. Il donnait simplement des arguments pour réconforter Robert. Peu à peu, tout devenait facile. Quand il eut fini de parler, Robert baissa la tête. Il y eut un long silence, puis Christophe demanda :

— Alors ?

Robert releva la tête, le regarda, eut un soupir et un geste d'impuissance en disant :

— Je t'assure, Christophe... Je ne peux pas... Dans quelque temps... On verra...

L'autre eut un geste de colère. Son visage se durcit. Empoignant à nouveau Robert par sa veste, il le secoua en le soulevant presque de terre. Leurs deux visages se frôlaient. Robert sentait le souffle de Christophe.

— Tu es une lavette... Une petite merde, tu entends ! Une vraie petite merde... Tu n'auras jamais rien... Au fond, tu vois, c'est Serge qui a raison, tu finiras sans doute au cul des vaches avec ta gonzesse qui pue la bouse !

Robert serra les poings. Une saveur âcre venait de lui monter à la bouche.

— Tais-toi, souffla-t-il. Ça ne te regarde pas !

L'autre se mit à rire.

— Non mais, sans blague ! Qu'est-ce que tu crois ! Tu sais bien que tu as juste le droit de la boucler ! Et c'est toi qui voudrais me faire taire, tu es gonflé, mon petit gars !

Il lui mit son poing sous le nez et appuya un peu sans frapper. Quelques secondes, il parut chercher ses mots puis il dit :

— Bon Dieu, ce qu'on a été cons de te foutre dans le coup ! Et dire que c'est moi qui ai voulu. Tu parles si je suis remercié ! Serge va se marrer, lui qui m'avait prévenu que tu te dégonflerais.

Robert baissa les yeux. La voix cassée, prêt à pleurer, il dit :

— Je peux pas... Je peux pas... Je t'assure, c'est plus fort que moi... C'est...

Il se tut. Christophe attendit un instant, puis, le secouant, il demanda :

— Alors, vas-y. C'est quoi ?

Sans oser le regarder, à voix à peine perceptible, Robert murmura :

— C'est comme... comme si j'étais certain que ça finira mal.

— Mais enfin, puisque tout est prévu...

Christophe se tut, haussa les épaules, lâcha la veste de Robert et lança en laissant retomber ses bras.

— Ah puis merde, tiens ! C'est pas la peine de discuter avec une loque pareille. Après tout, si tu veux pas marcher, crève donc dans ta crasse, moi je m'en balance, au fond ! Qu'est-ce que j'en ai à faire d'une crêpe comme toi ? Rien. Juste des emmerdements. Rien de plus !

Tout en parlant, il avait fait quelques pas vers la droite, comme pour partir, mais, se ravisant soudain, il se retourna, revint se planter tout près de Robert et lança en lui serrant le bras :

— Mais attention, hein ? Si tu es capable de te dégonfler avec nous, tu peux en faire autant avec les cognes. Alors, pas d'histoire. Il ne faut pas qu'ils te questionnent, tu entends ? Absolument pas.

Il répéta ces derniers mots en martelant les syllabes. Robert hocha la tête. Christophe continua :

— Et pour ne pas être questionné, il faut que tu aies un alibi certain. Quelque chose de sûr.

Il réfléchit, se croisa les bras et demanda :

— Est-ce que ton père est rentré ?

— Je pense. Je ne sais pas... Je ne suis pas encore passé chez moi.

— Tu vas y aller... Ecoute bien ce que je te dis : tu vas chez toi. Si ton père est rentré, tu discutes avec lui. Tu dis que tu es malade, que tu vas te coucher tout de suite.

— Il est peut-être couché.

— Je m'en balance ! Même s'il est couché et saoul comme une bourrique, tu le réveilleras... Tu diras que tu as mal dans le ventre.

— Mais...

— Tais-toi ! Tu dis que tu es malade... Tu vas te coucher. A minuit, tu te relèves et tu le réveilles en réclamant un toubib.

— Mais enfin !

— Démerde-toi comme tu veux, il faudra que quelqu'un puisse prouver que tu étais chez toi cette nuit.

Christophe se remit à secouer Robert et ajouta :

— Tu feras ce que je te dis. C'est le seul moyen d'être couvert... Et surtout, surtout fais bien attention. Si jamais tu ouvrais ta gueule, j'aime mieux te dire que ce serait terrible !... Tu m'as compris, oui ?

Robert le regarda. Ses yeux étaient durs, sombres, avec un reflet minuscule. Il fit oui de la tête et baissa les paupières.

— C'est bon, dit Christophe, à présent file, et dis-toi bien que si tu nous fait trinquer, d'une façon ou d'une autre, tu trinqueras autant que nous.

Il brandit son poing, tourna les talons et disparut à l'angle du hangar.

Adossé au garage, Robert écouta s'éloigner la moto. Puis lentement, sans lever la tête, il se mit à marcher.

13

A présent, la rue était vide. Le vent s'y engouffrait, s'arrêtait, hésitait à un angle de ruelle puis repartait. Les lampes se balançaient sans cesse et Robert marchait en regardant son ombre qui s'allongeait et se raccourcissait, se déformait, se multipliait, disparaissait pour reparaître aussitôt.

Il marchait.

Il n'irait pas avec les autres. Il était libéré de tout. Il n'avait plus qu'à rentrer. Se coucher, attendre.

Il marchait, mais il ne parvenait plus à penser vraiment.

Son pas sonnait en lui. Chaque rafale le prenait, l'étreignait, sifflait à travers lui.

Arrivé à l'entrée de l'impasse, il s'arrêta, regarda en direction de la place où la lumière aussi dansait sur le sol, puis, toujours du même pas, il s'enfonça dans l'ombre de l'impasse. Çà et là, une fenêtre plaquait sur la façade opposé un rectangle de lumière où se dessinait la croix d'ombre des traverses.

Robert entra sans bruit. Le vélo était là et, du pied de l'escalier, il entendit son père ronfler. Il monta, son briquet à la main, et s'arrêta devant la première porte. Elle était entrouverte. Il la poussa et fit un pas dans la chambre en élevant son briquet à bout de bras. La flamme se coucha, vacilla en agitant sur le mur des lueurs et des ombres floues, puis elle éclaira davantage.

Le père Paillot était couché sur son lit, le bras gauche replié au-dessus de sa tête, le droit étendu en travers, la main pendante comme au bout d'un poignet cassé. Robert fit encore un demi-pas. Son père était habillé. Il n'avait quitté qu'un brodequin. Il n'avait pas de chaussette, mais son pied était enveloppé d'une bande de tissu kaki d'où ses orteils sortaient. Son pied encore chaussé avait laissé des traces de poussière grise sur la couverture marron.

Dans la pièce, il faisait chaud. Les odeurs mêlées de vin, de crasse et de transpiration donnaient envie de vomir. Des mouches tourbillonnaient. L'une d'elles vint autour de la flamme du briquet, fit deux tours, frôla le visage de Robert puis s'éloigna vers le lit.

Robert s'approcha encore. La flamme diminuait. Sa lueur laissait les angles de la pièce dans l'ombre.

Le père ronflait toujours. Quand Robert approcha son briquet, il vit que la mouche s'était posée sur son visage. Elle alla d'un bord à l'autre du front, sauta sur le nez, puis s'approcha de la bouche entrouverte. La lèvre du père tressaillit. La mouche s'envola pour se reposer aussitôt sur le menton mal rasé. Le père eut un ronflement plus rauque, sa tête se balança de droite à gauche et sa main se souleva pour retomber aussitôt. Robert regarda encore cette main ouverte, ces doigts légèrement pliés, larges, épais, encore sales. La flamme du briquet baissait de plus en plus, elle eut un sursaut qui éclaira mieux, faisant apparaître dans la main du père le sillon des crevasses, puis elle s'éteignit. La mèche ne fut plus qu'un point rouge que Robert écrasa du pouce.

Il soupira et s'éloigna lentement, les mains en avant, dans l'obscurité.

Une fois dans sa chambre, il ferma la porte et alluma. L'ampoule nue qui pendait au bout d'un fil, contre le mur à la tête du lit, jetait partout une lumière crue. Il fit des yeux le tour de la pièce. Son regard se posait sur chaque objet, mais rien ne venait vraiment jusqu'à lui. Il s'assit sur son lit.

Dehors, le vent sifflait. Les rafales se fendaient à l'angle du toit. Sous la poussée des plus violentes, la lucarne vibrait.

Robert ne se décidait pas à se coucher. Le regard rivé à un nœud du plancher, il s'engourdissait peu à peu.

A présent, tout lui semblait vague, lointain. La voix de Christophe résonnait encore, mais les mots ne signifiaient plus rien. Il revoyait la pénombre du garage ; les reflets de la lampe d'angle dans la verrière, le regard de Christophe, la rue encore avec son ombre déformée et multiple...

Un temps : rien. Le plancher avec ce nœud énorme du bois où un clou s'est plié, un clou qui brille.

Et puis, soudain, Robert se dresse. Quelque chose se serre en lui... Quelque chose comme tantôt quand il regardait vers le val, comme ce soir après le passage des gendarmes.

A présent tout va très vite... tout passe à une cadence folle mais sans heurt, sans mélange.

Robert s'aperçoit qu'il a chaud. Très chaud. Brusquement, comme ça, sans avoir rien fait. Son cœur bat plus vite. Il vient de se lever. Il marche. Près de la porte, il s'arrête. Revient. Regarde autour de lui. Son regard s'attarde sur la vieille machine à coudre. Malgré le capot fermé, malgré les années, il voit tourner la roue luisante, vibrer le pied-de-biche qui pousse le tissu... le tissu où des mains se sont posées. Il détourne les yeux. Il sait qu'il va regarder plus haut, à droite. Il ferme les paupières en levant la tête et, quand il les ouvre, son regard se pose sur le portrait.

Ses poings sont crispés. Il sent ses ongles dans ses paumes. Son pouce appuie sur l'ampoule douloureuse. La douleur monte. Mais cette douleur de sa main n'est plus la seule. Il y en a une autre en lui plus sourde et plus forte à la fois.

Il est resté seulement quelques instants ainsi. Juste le temps d'une grande douleur... Le temps d'une grimace.

Et puis, il est à la porte. Il l'ouvre. Marche vite, sans hésiter et cherche de la main l'interrupteur dans la chambre du père.

La lumière tombe de la suspension et éclaire le père jusqu'à la ceinture. Tout le haut du corps et la tête sont dans la pénombre verte de l'abat-jour de toile à quatre pointes où pendent de grosses perles rouges et jaunes.

Le père a bougé. Robert hésite. Fait un pas, un autre encore, puis va jusqu'au lit.

— Papa !

Sa voix sonne drôlement.

Le père ne bronche pas.

— Papa ! Réveille-toi, papa !

Le père s'arrête de ronfler, grogne et tourne la tête de l'autre côté. Son bras droit est toujours tendu. Robert lui prend le poignet et le secoue.

— Papa... Papa... Faut te lever... Faut que je t'explique. Papa !

Le père ouvre les yeux, replie son bras que Robert vient de lâcher et se soulève sur le coude. Ses sourcils sont froncés, son regard est mouillé, plein d'un étonnement stupide.

— Papa... Faut m'écouter... Ecoute-moi.

Le père a un hoquet puis il rote avec un sursaut de tout le corps.

— Quelle heure il est ? dit-il.

— Je ne sais pas...

Le père regarde vers la fenêtre.

— Tu t'en vas ?

— Non, je rentre... C'est pas tard, papa... Peut-être 9 heures.

— Neuf heures du soir... 9 heures du soir...

Il paraît abasourdi. Son regard va de Robert à la fenêtre fermée. Puis il se laisse retomber sur le lit et ferme les yeux en grognant :

— Eteins-moi cette lampe.

— Papa... écoute-moi.

— Tu m'emmerdes... tu m'emmerdes... Je te dis...

Robert se penche et le secoue par l'épaule. Le père essaie de le regarder, mais il a du mal à tenir ses yeux ouverts. Il bredouille encore :

— T'as pas fini... de m'emmerder..., espèce de con...

— Papa, faut te lever. Faut que tu viennes avec moi... Ils vont faire des bêtises... C'est important... C'est Christophe... Christophe Girard et Serge Dupuy... Faut venir, papa...

Les yeux du père s'ouvrent le temps qu'il lui faut pour crier :

— Fous-moi la paix avec tes copains, tu entends ! Va te coucher et fous-moi la paix !

Sa tête retombe et il grogne encore :

— Tu m'emmerdes. Tout le monde m'emmerde... Bon Dieu ce que j'ai soif !... Ce que je peux avoir soif... Va me chercher un canon...

Le reste de la phrase se perd dans un grognement. Il s'est tourné de l'autre côté, les jambes repliées, la tête en avant.

Robert regarde un instant son dos large que la respiration soulève régulièrement. Le pantalon de velours a un accroc sur la fesse gauche et laisse voir un peu de peau blanche striée de poils noirs. Comme celui qui pend au portemanteau du couloir, il a la couleur de la pierre des carrières.

Lentement, la tête baissée, Robert s'éloigne. Il éteint. Il sort dans le vestibule que la lampe de sa chambre éclaire à demi.

Là, il s'arrête un instant. Quelque chose monte en lui, grandit. Il tente de se défendre, mais un sanglot secoue sa gorge et des larmes coulent sur ses joues.

14

Robert ne pleura pas longtemps. Il eut simplement ce sanglot qui le secoua et lui serra la gorge. Il ferma les yeux le temps de respirer deux fois profondément puis revint dans sa chambre.

A présent, il ne se sentait plus vide. Au contraire. Des idées se pressaient en lui, se bousculaient, fuyaient sans se laisser saisir.

Il marcha jusqu'à son lit, s'arrêta, revint à la porte, retourna se planter au milieu de la pièce et se mit à regarder autour de lui. Plusieurs fois son regard s'attarda sur le portrait de sa mère. Il regarda aussi les coureurs cyclistes, puis, plus loin, le crucifix avec son rameau sous le bras.

Ses mâchoires étaient serrées ; ses poings se crispaient. Il fouillait presque malgré lui chaque recoin, revenait à la porte entrouverte pour scruter l'ombre du couloir. Il n'osait pas se dire qu'il n'était pas seul. Qu'il avait l'impression qu'on le regardait. Il avait toujours très chaud.

Il allait, s'arrêtait, repartait avec cette impression d'une présence dans la pièce. Parfois, s'immobilisant brusquement, il tendait l'oreille. Dehors, le vent courait ; à côté, le père continuait de ronfler.

Laissant la lumière de sa chambre éclairée et

la porte ouverte, il descendit à la cuisine. Il but un verre d'eau et resta un moment à regarder la table. Il y avait là un litre vide, un verre, la moitié d'une flûte de pain et, sur un papier gras, des peaux de saucisson et des couennes de gruyère. Il y avait aussi, un peu plus loin, un paquet de tabac gris entamé, un carnet de feuilles à cigarettes et le gros briquet cylindrique en cuivre du père Paillot. Robert s'assit, s'accouda à la table, et roula une cigarette. Ses mains tremblaient. La cigarette était toute tordue et ventrue, et avant de l'allumer il dut la serrer au bout pour empêcher le tabac de tomber.

Il se mit à fumer ; vite d'abord, puis lentement en aspirant de longues bouffées qu'il laissait ensuite filer doucement entre ses lèvres pincées. Peu à peu son sang se calmait, mais cette impression de n'être plus seul demeurait. Les ronflements du père ne parvenaient pas jusqu'ici et il n'entendait le vent que lorsqu'une rafale plongeait dans l'impasse et secouait les volets fermés.

Sa cigarette s'éteignit, il la ralluma et se souvint que son propre briquet était vide. Il alla chercher dans le placard la bouteille d'essence et en versa sur le coton. Il en fit couler quelques gouttes sur la table qu'il essuya d'un revers de manche.

Ensuite, il resta un moment à tâter l'intérieur de ses mains qui était de plus en plus douloureux. Il alla prendre une des épingles piquées dans le calendrier des Postes, revint sous la lampe et creva l'ampoule de sa main droite. La poche de sérosité s'était formée sous une épaisseur de peau morte qu'il arracha et coupa avec ses dents. La douleur devenait brûlure et il resta longtemps à souffler sur la plaie.

A présent, il était presque calme. Cependant, de plus en plus fort, de plus en plus bizarre demeurait ce sentiment que quelqu'un, ou plutôt quelque chose d'indéfinissable, était partout avec lui.

Par moment, il voyait la silhouette noire de la mère Vintard marchant lentement sur la vieille route. Il la suivait, retrouvait chaque détail du paysage, chaque tournant du chemin, chaque ombre sur la terre jaune et rouge.

Il se voyait marchant derrière la vieille, à une distance qui ne variait pas et lui permettait de ne jamais la perdre de vue. Il essayait de s'arrêter, mais c'était impossible. Cette silhouette noire l'attirait. Il la suivait encore puis, fermant un instant les paupières, il s'efforçait à ne plus la voir. Il y parvenait en attachant sa pensée à autre chose, mais toujours, à un certain moment, cette pensée finissait par le ramener à cette route. Il regardait par exemple la tranchée creusée, ce qu'il faudrait faire demain, puis, pensant aux outils, il revoyait les manches desséchés qui trempaient dans la boutasse, l'eau claire sur le fond bien propre, la vase enlevée, les têtards, la course au ruisseau, son retour et toujours, toujours, inévitablement : la vieille.

S'il pensait à Gilberte, c'était les Bouvier qu'il voyait, le Bois Noir, les gendarmes, Malataverne, la maison de la vieille et la vieille qui se dirigeait vers ses pommiers.

Jusqu'à quelle heure Gilberte l'avait-elle attendu ce soir, dans le pré du bas ? Est-ce qu'il n'aurait pas mieux valu aller la rejoindre ? Ne rien dire à Christophe, se retirer de cette affaire sans lui en parler ?

Il avait réveillé son père. Le père pourrait dire qu'il était rentré... Est-ce qu'il se souviendrait ?

Les autres allaient y aller. A présent, Christophe était certainement déjà parti pour empoisonner le chien... Le chien. Jusqu'à présent Robert n'avait pas pensé au chien.

— C'est vache ! murmura-t-il.

Est-ce qu'on n'aurait pas pu trouver une drogue pour l'endormir au lieu de le tuer ?

Le père Paillot n'avait jamais voulu ni chien ni chat dans sa maison. Un jour, Robert avait ramené un chien perdu. En rentrant, le père les avait corrigés tous les deux, le chien et lui. Robert n'avait jamais revu ce chien.

Un long moment, il y pensa. C'était un petit roquet efflanqué et sale.

Il trouvait ridicule de tuer un chien pour prendre cet argent. Il imagina le portefeuille tel que Serge l'avait décrit.

— C'est même pas du vol, disait Christophe, puisque c'est de l'argent qui ne lui servira jamais à rien. Elle va crever dessus, un jour ou l'autre, dans sa crasse. C'est souvent qu'on voit ça dans les journaux, des vieux qui crèvent sur un magot !

L'argent, c'était presque normal, au fond, de l'utiliser.

— Elle n'a même pas d'héritier, disait Serge. Ça ne fera de tort à personne. Si on lui fauche pas, c'est l'Etat qui raflera tout. Tu parles, si on va se gêner pour l'Etat !

Robert n'avait plus peur des gendarmes. Depuis longtemps, il ne pensait plus à eux. C'était le chien qui l'occupait. Le chien, et puis la vieille aussi.

La vieille couchait dans la pièce où se trouvait l'argent. Robert tentait de se représenter cette pièce. Est-ce que le lit se trouvait loin de la table où était posé le pot de grès ? Et il se sentit de nouveau mal à l'aise quand il revit la main de Serge sur la barre de fer. « Avec ça, on en ferait taire de plus coriaces... »

— Est-ce que Serge ?...

— Serge peut-être, mais il y avait Christophe...

— Christophe ?

Christophe et ses yeux de tout à l'heure, derrière le garage. Ses yeux durs, avec ce petit éclat de lumière...

— Tout de même, on ne tue pas les gens comme ça...

Robert se leva, se remit à marcher dans la cuisine. La « présence » était là. Toujours là, qui le talonnait.

— Ils ne sont tout de même pas si bêtes, quoi !

Il s'assit sur le bord de la table, une jambe ballante.

— Ça a beau être une vieille...

Son talon martelait le pied de la table et chaque coup résonnait en lui, jusque dans sa tête.

Est-ce qu'une vieille aussi sourde que ça risque vraiment de se réveiller ? Tout à l'heure, si son père l'avait écouté, il lui aurait dit ce qui se préparait. Il lui aurait demandé de faire quelque chose, d'expliquer aux autres...

Dans la cuisine, rien ne rappelait sa mère. Tout ce qui subsistait de ce temps-là était trop sale, trop différent. Robert revit la photographie accrochée dans sa chambre.

— Si elle était là !...

Quand elle était là, le père ne buvait pas tant.

Robert calcula qu'il y avait plus de quatre ans qu'elle était morte. On l'avait enterrée à Lyon parce qu'elle était morte là-bas, à l'hôpital. Depuis, il n'était jamais allé au cimetière. Est-ce qu'il saurait seulement retrouver sa tombe ?

Sa pensée s'arrêta un instant. Il se leva, fit quelques pas et revint s'asseoir sur un coin de table. Il eut un sursaut. Il venait de se dire : « Si j'avais une moto... »

Et puis, brusquement, il sentit tout ce qu'il y avait de monstrueux dans cette idée. Il revit le bois de la montagne et cet après-midi avec la fille que Christophe avait amenée de Lyon.

Cette impression d'une présence revenait plus forte, presque intolérable. Avec elle, venait aussi le portrait, le portrait de la mère accroché au mur entre les coureurs cyclistes et le crucifix qui portait son rameau sous le bras.

Son brodequin heurta plus fort le pied de table dont le bois craqua. Robert s'arrêta de frapper.

— Et les vieux de Christophe ?

L'épicier au crâne luisant était un brave homme. Tout le monde le disait à Sainte-Luce.

Soudain, Robert haussa les épaules.

— Qu'est-ce que ça veut dire, un brave homme ?

Il essaya un instant d'imaginer la tête que ce brave homme ferait s'il allait le trouver à présent pour lui expliquer ce que Christophe s'apprêtait à faire. Il eut un geste vague de la main et murmura en ricanant :

— Ou bien il me fout dehors à coups de pied au cul, ou bien il casse la gueule à Christophe... De toute façon, je peux pas moucharder.

Robert s'efforça encore un instant de rester assis puis, se levant soudain, il éteignit la lumière, quitta la cuisine, et se retrouva dans la ruelle où de grandes gifles de vent tombaient des toits.

15

Sur toute la longueur de l'impasse, il ne restait qu'une seule fenêtre éclairée. A l'extrémité, la lumière de la grand-rue allait et venait selon le vent, déplaçant les ombres des maisons.

Robert marcha vite jusqu'à la place. Il n'y avait plus de lumière dans l'épicerie des Girard et il continua de monter la grand-rue. Arrivé devant la maison de son patron, il s'approcha de la barrière. La verrière de l'atelier reflétait la lampe de la cuisine qui éclairait aussi les graviers de la cour. Il ouvrit sans bruit la grille et, sur la pointe des pieds, marcha le long du mur. Avant de tourner l'angle, il écouta un moment. Le poste de radio fonctionnait. Des gens parlaient, de temps à autre ; ce qu'ils disaient était couvert par des rires et des applaudissements.

Robert avança jusqu'au bord de la fenêtre et se pencha. La patronne était assise entre la table et la cuisinière. Elle tricotait, les pieds posés sur un barreau d'une chaise où se trouvait sa pelote de laine qu'elle faisait rouler en tirant sur le fil.

Se penchant un peu plus, Robert examina le reste de la pièce. Le patron devait être couché.

Robert voyait la patronne de trois quarts. Elle

souriait parfois sans cesser son travail. Il la trouva très belle. Quand elle tirait sa laine, son avant-bras appuyait sous son sein qui remontait un peu. Sa robe relevée découvrait ses genoux. Elle leva la tête. Robert se recula.

Il regarda la porte. Il suffirait de frapper, de dire : « C'est moi, Robert. » D'ouvrir et d'expliquer tout très vite, sans la laisser parler. Il hésita encore, puis il pensa qu'elle ne ferait certainement rien sans le patron. S'avançant à nouveau, il constata que la porte de la chambre était entrouverte. Alors, il s'étonna d'être venu ici. Il regarda la patronne encore quelques instants puis, voyant que le carillon indiquait 9 h 20, toujours longeant le mur et marchant sur la pointe des pieds, il regagna la grand-rue.

Il n'y avait personne. Les lampes continuaient de se balancer. Celle qui était un peu plus haut grinçait. Autre chose faisait un bruit de ferraille sur un toit, du même côté.

Robert regarda vers le bas. Un camion passait sur la route en direction de Montbrison. Il le suivit un instant par la pensée. Il était devant l'hôtel, devant le garage ; à présent, il devait se trouver à hauteur de la gendarmerie...

Une bourrasque plus forte que les autres secoua la grille et siffla dans les fils électriques. Robert frissonna, lança encore un regard vers le fond de la cour et se mit à courir en direction de Duerne.

A l'embranchement de la vieille route, il eut un instant d'hésitation, ralentit, puis repartit en se répétant la phrase de Gilberte : « De nuit, il vaut mieux prendre la route du haut. » Et, tout en poursuivant sa course, tout en répétant cette phrase, il se représentait la route du bas. Il la devinait, en dessous de lui, de plus en plus éloignée à mesure qu'il montait ; il ralentissait parfois, courait un moment sur le talus en scrutant la nuit. Lorsqu'un coup de vent déchirait les nuages, un coin de ciel pâlissait, des étoiles apparaissaient laissant couler une clarté qui piquait un reflet rapide, tout au fond de l'ombre. C'était le ruisseau ; la vieille route serpentait à quelques enjambées.

Cette course pénible, en pleine montée, lui faisait du bien. Il s'occupait de son souffle, s'efforçait de garder une foulée régulière, ne pensait presque plus. La nuit était trop bruyante, trop agitée de vent pour être inquiétante. Chaque fois que la route s'enfonçait vers la gauche en épousant le mouvement d'une combe, le bruit s'éloignait, devenait un roulement confus ; puis, quand elle repartait en direction de la vallée, le tumulte reprenait. Chaque buisson, chaque arbre, chaque rocher sifflaient ou grognaient. De l'autre côté, sur le versant du Bois Noir, du coteau des Froids aux derniers contreforts de Sainte-Luce, la montagne entière grondait.

Robert ne s'arrêta qu'au pied du chemin des Ferry. Là, il attendit quelques minutes en reprenant son souffle. Il calcula qu'il n'avait certainement pas mis plus d'une demi-heure pour monter. Depuis le dernier tournant, il avait vu de la lumière dans la cour, mais elle s'était éteinte aussitôt. A présent, seules les branches les plus basses du tilleul étaient éclairées. Sans doute le volet n'était pas encore mis à la porte-fenêtre de la cuisine. Il allait se décider malgré tout à descendre dans le pré où peut-être Gilberte l'attendait encore, lorsque la lampe se ralluma. Le tilleul s'agitait ; ses feuilles luisaient, éclairées par-dessous, et c'était par instant comme un grand vol d'étincelles.

On courait dans le chemin. Robert siffla doucement. Gilberte arriva.

— J'allais descendre dans le pré, dit-il.

— Tu parles, il est 10 heures passées. Ça fait plus d'un quart d'heure que je suis remontée. Je t'ai attendu. Qu'est-ce que tu as fait ?

Elle semblait fâchée.

— Faut que je t'explique. Viens...

— Tu rigoles. Je vais me coucher. Tout est terminé. Je suis sortie pour fermer le portail et détacher les chiens. Tu m'expliqueras demain...

Déjà, elle s'éloignait.

Robert se sentit soudain seul. Vraiment seul. Et il eut peur, vraiment peur.

La nuit était là, tout autour, et Gilberte allait partir. Il se précipita derrière elle, la rattrapa et, l'empoignant par le bras, d'une voix qui sonnait drôlement, il demanda :

— Gilberte... Reste... C'est important. Faut que je t'explique. J'ai besoin de toi.

Elle essaya de se dégager.

— Lâche-moi. Si je reste trop longtemps, mon père va sortir me chercher.

Il s'accrocha davantage. Il avait peur, il tremblait, il n'avait qu'une seule pensée : garder Gilberte avec lui.

— Alors rentre, dit-il. Laisse-les se coucher et reviens.

— C'est pas possible. Ils m'entendraient sortir.

— Et par ta fenêtre, elle est bien de l'autre côté, sur le jardin ?

— Oui, mais c'est trop haut.

— Il y a bien une échelle dans la cour ?

— Oui, seulement je vais fermer le portail et détacher les chiens.

— Je monte avec toi, tu me donnes l'échelle avant de fermer et j'irai la porter ; tu sortiras dès qu'ils seront couchés.

Elle parut réfléchir un instant puis, secouant brusquement son bras, elle parvint à se dégager et se remit à courir en disant :

— Non, non, demain, on se verra demain. Je ne veux pas faire ça, c'est trop dangereux. Et puis c'est très mal.

Robert l'avait encore rattrapée. Cette fois, ils étaient tout près du portail. De l'autre côté du mur, un chien se mit à grogner.

— Bellonne, cria Gilberte, tais-toi !

La bête se tut. Sa chaîne racla le bois de la niche.

— C'est Bellonne, dit Gilberte. Elle a un petit. Elle grogne pour un rien... Lâche-moi.

Robert s'approcha davantage. A présent, il lui tenait les deux bras. La lueur de la lampe arrivait jusqu'à eux. Robert se mit à supplier.

— Ça peut être terrible... Je ne sais plus quoi faire. Faudrait les empêcher... tout seul... Je suis tout seul.

Un sanglot lui coupa la voix.

— Tu pleures. Tu es fou. Qu'est-ce qu'il y a ?

A mots hachés, Robert reprit :

— Christophe et Serge... Serge Dupuy... Ils vont... Ils peuvent tuer quelqu'un si on ne les arrête pas.

Gilberte se mit à rire.

— Tu es fou. Allons, laisse-moi rentrer.

Robert lui serra les bras. Il sentait qu'il devait lui faire mal.

— Non, je ne suis pas fou... Les Bouvier, le vol, la génisse, c'était déjà eux...

— Qu'est-ce que tu dis ?

Il hésita, puis, avec un autre sanglot, il lança :

— C'était nous.

Le visage de Gilberte s'était durci. Il y eut un instant de silence avec seulement le vent qui passait entre eux en faisant flotter les cheveux de Gilberte et claquer son tablier.

— Gilberte, me laisse pas... me laisse pas... Il marqua un temps puis, plus bas, il ajouta : « Me laisse pas, tu es plus grande, toi ! »

De l'autre côté du mur une porte s'ouvrit.

— Gilberte ! Qu'est-ce que tu fais ? cria le père Ferry.

La petite hésita. Robert lâcha ses bras. Elle se mit à courir en criant :

— Voilà, j'y vais !...

Robert entendit la porte de la cuisine se refermer au moment où Gilberte arrivait au portail. Robert la regardait. A présent, il était sans force. Il n'avait plus en lui qu'une envie de pleurer. De se laisser tomber là, par terre et de pleurer.

Gilberte disparut dans la cour. Il l'entendit crier :

— Ma Diane... Ma Bellonne... Oh, le joli petit. Oh, qu'il était joli ce petit !... Oh, le beau petit chienchien !

Les chiennes gémissaient, le chiot pleura et Gilberte parla encore.

Tout cela était dans le vent, dans la nuit, dans le grand tourbillon noir assourdissant. Et puis, du portail il vit sortir le bout d'une échelle. L'échelle glissa sur le talus du chemin et le portail claqua. Quelques pas... Les chaînes contre la niche... Encore une fois la petite parla aux chiennes, courut sur le ciment et tira la porte de la cuisine.

Après quelques secondes, la lampe de la cour s'éteignit.

16

Une fois la lumière éteinte, Robert était resté immobile, figé sur le bord du chemin. La nuit courait autour de lui, arrivant de la vallée par larges bouffées tièdes. Dans la cour à peine visible, le gros tilleul grondait.

A présent, c'était la nuit partout, sauf dans le ciel où çà et là clignotaient quelques étoiles.

Robert se retourna. Sur l'autre versant brillait la fenêtre des Bouvier.

Une voiture passa sur la route. Au bruit, Robert reconnu une « 2 CV ». Il l'entendit peiner longtemps dans les virages, puis le vent couvrit le ronronnement du moteur. Dans la cour, le chiot pleura.

Enfin, sur le jardin, en contrebas, une lueur jaune parut, étirant des ombres maigres de légumes secoués par le vent. Robert empoigna l'échelle et descendit le chemin en s'efforçant de poser les pieds sur des taches d'herbe ou des roches solides. Quand il fut en vue de la fenêtre, il chercha dans la haie une coulée où se faufiler. Il trouva plusieurs passages de poules en engagea la pointe de l'échelle dans le plus large. Il poussa de toute sa force et, lorsque l'échelle fut de l'autre côté, il se glissa lui aussi dans la coulée. Ses vêtements s'accrochaient aux épines, il se griffa la figure et se piqua les mains, mais il parvint à passer. Les bourrasques menaient un tel tapage dans les arbres et les buissons, qu'il n'avait plus à se méfier du bruit.

A plat ventre dans une allée, il attendit. Seule, la chambre de Gilberte et la chambre à lait donnaient sur le jardin. La cuisine et la pièce où couchaient les Ferry donnaient sur la cour.

Gilberte passa deux fois derrière la fenêtre, puis la lumière s'éteignit, Robert mit l'échelle sur son épaule et traversa le jardin. Comme le vent reprenait son souffle, il s'arrêta, l'oreille tendue. En face, le Bois Noir grondait toujours. Enfin, il entendit comme un bruit de cascade qui longeait le coteau. Un premier souffle arriva, le tilleul et la haie s'ébrouèrent, puis ce fut le gros de la rafale et Robert reprit sa marche.

Au pied du mur il attendit, tenant toujours l'échelle. La fenêtre s'ouvrit. Il regarda. Gilberte se penchait, à peine visible dans la nuit. Aussitôt l'échelle dressée, elle descendit, le prit par la main et l'entraîna de l'autre côté du jardin. Là, dans la haie surplombant la route, il y avait un passage assez large et ils n'eurent qu'à se laisser glisser dans le fossé. Ils traversèrent, s'engagèrent de quelques pas dans le sentier et tout de suite Gilberte demanda :

— Alors, qu'est-ce qu'il y a ?

Robert expliqua tout. Depuis le vol chez les Bouvier, jusqu'à son entrevue avec Christophe, dans le terrain vague du garage. Et, à mesure qu'il parlait, il se sentait moins oppressé. Gilberte l'écoutait. Quand il s'arrêtait un instant pour chercher un mot, elle disait seulement :

— Ça alors... Mais c'est pas possible... C'est pas possible.

Quand il eut terminé, elle murmura :

— Ça alors... Celui qui m'aurait dit ça !... Celui qui m'aurait dit une chose pareille !

Et ils restèrent quelques minutes sans parler, face à face, essayant de se voir malgré les arbres qui épaississaient encore la nuit.

Quand le vent se calmait, Robert sentait sur son visage le souffle de Gilberte. Il attendait. A présent, il lui semblait que ce n'était plus à lui de décider. Pourtant, quand elle parla, enfin, ce fut pour demander :

— Alors, qu'est-ce qu'il faut faire, hein ? Qu'est-ce que tu veux qu'on fasse ?

Robert eut un soupir, leva les bras puis les laissa retomber en disant :

— Faut les empêcher... Faut les empêcher d'y aller.

— Mais comment veux-tu faire ? Ils ne nous écouteront pas. Et à eux deux, ils sont bien plus forts que nous. Ils sont fous. On ne peut pas discuter avec des fous. Il faut être fou pour faire des choses pareilles...

A mesure qu'elle parlait, le ton de sa voix montait. Robert pensa qu'elle allait se mettre à pleurer mais elle se reprit. Après un silence, elle demanda :

— Pourquoi tu n'as rien fait dans la journée ? Fallait pas attendre si longtemps.

— Je ne pouvais pas. J'ai travaillé.

— Et à midi ? A midi, tu ne m'as rien dit ? J'ai bien vu que tu avais un air pas comme les autres jours.

Il ne répondit pas. Elle attendit puis reprit :

— Il fallait le dire au père de Christophe.

— Je ne pouvais pas.

— Comment ?

— Mais... C'est... Je ne peux pas moucharder un copain.

Elle eut une brève hésitation puis, lui prenant le bras comme Christophe l'avait fait, elle le secoua en disant :

— Mais enfin, tu te rends compte ? Tu penses à ce qu'ils vont faire ?... Pour une chose aussi grave... Mais qu'est-ce que tu veux que je fasse, moi, pour les arrêter ?

— J'ai pensé que tu trouverais... Peut-être, si tu demandais à ton père.

— A mon père ?

— Ma foi.

— Mais tu es fou. Il faudrait que je lui dise qu'on se voit. Que tu es venu... que je suis sortie par la fenêtre... Tu te rends compte, ce que tu me demandes là !

— Je sais bien, mais pour des choses pareilles...

Elle l'interrompit.

— Ah non ! Surtout pas ça ! J'aimerais mieux qu'on essaie tous les deux. Qu'on tente le coup de leur expliquer ou de les arrêter.

Ils réfléchirent un moment puis Gilberte demanda :

— Est-ce que tu crois qu'ils sont déjà partis ?

— Christophe sûrement, oui, à cause du chien à empoisonner, mais Serge est sans doute encore chez lui. On devait se retrouver...

Il s'arrêta. La petite attendit un instant puis elle dit :

— Quand je pense que tu voulais aller avec eux. Mais qu'est-ce que tu avais donc dans la tête, dis ? A quoi tu pouvais bien penser pour faire des choses pareilles !

— M'engueule pas, Gilberte... Pas maintenant.

Elle se tut. Le vent secouait les acacias et leur arrachait des poignées de feuilles minuscules que Robert sentait parfois courir sur son visage.

— Alors, dit Gilberte, tu crois qu'on peut encore trouver Serge.

— Faut essayer.

Il fit un pas. La fille le retint.

— Si jamais ma mère entrait dans ma chambre...

— Ça lui arrive, des fois ?

— Non, mais on ne sait jamais. Il suffirait d'un coup de déveine.

Il y eut un silence puis, doucement, en s'approchant d'elle, Robert demanda :

— Viens avec moi, Gilberte. Tout seul, je sais pas si je pourrai... Faut que tu viennes.

Elle se retourna vers la maison dont le mur faisait une tache à peine plus claire que le reste de la nuit, puis, sans rien dire, elle se mit en marche.

QUATRIÈME PARTIE

17

Ils avaient hésité entre le raccourci et la route, mais, à cause de la nuit, peut-être un peu aussi par crainte de passer trop près de Malataverne, ils avaient pris la route.

Avec la descente, ils avaient pu courir tout le long et, lorsqu'ils arrivèrent aux premières maisons, ils se remirent au pas.

— C'est la première fois qu'on vient ici tous les deux, dit Gilberte.

— Oui.

— Ça fait drôle, surtout de voir personne... Etre comme ça, que nous deux, dans cette rue vide.

Au moment de s'engager dans le Chemin-Neuf, elle s'arrêta, posa la main sur le bras de Robert et demanda :

— Et ton patron ? Pourquoi tu ne lui demanderais pas à lui, de t'aider ?

— J'y ai pensé cet après-midi, mais je n'ai pas osé.

— Pourquoi ?

— Je n'ai pas osé.

— Mais enfin, pourquoi ? Tu n'as pas peur de lui ?

— Des fois, il gueule, quand je fais une connerie... Alors pour ça... Surtout que les Bouvier, c'est des clients.

— Il t'attraperait sûrement, mais peut-être qu'il ferait quelque chose. Je ne sais pas, moi, mais ça vaut le coup, tout de même.

— De toute façon, à présent, il est couché.

— Peut-être pas.

— Si. C'est sûr.

Robert se tut. Il n'avait pas dit à Gilberte qu'il était allé regarder par la fenêtre, avant de monter la retrouver. Il ne parlait jamais de sa patronne à Gilberte.

Ils s'étaient remis à marcher, s'éloignant de la grand-rue dont la lumière venait encore par moment jusqu'à eux.

— Et ta patronne, demanda Gilberte, tu crois qu'elle n'aurait pas fait quelque chose ? Elle est gentille. Tout le monde à Sainte-Luce dit qu'elle est très gentille, cette femme. Tout le monde dit que ce sont des braves gens, tes patrons.

— Non, non, dit Robert, c'est pas possible.

A présent, il faisait noir, il faisait plus froid aussi et le vent apportait quelques gouttes de pluie.

— S'il se met à pleuvoir, on sera jolis, dit Gilberte.

— Non, ça souffle trop.

Ils furent bientôt en vue de la villa des Dupuy.

— Il y a de la lumière, dit Robert.

— Et il y a aussi des voitures devant.

Une carrosserie brillait sous la fenêtre. Une autre en face. Plus loin, deux voitures avaient leurs feux de position allumés. Ils avaient ralenti le pas. Ils s'arrêtèrent avant la zone de lumière. Le vent leur apportait des bouffées de musique. Ils repartirent en rasant la murette bordant une villa en construction de l'autre côté du chemin. La lumière ne venait pas jusque-là. Ils se glissèrent entre la voiture et la murette.

Dans la pièce, une silhouette passa tout près de la fenêtre et ils se baissèrent tous les deux derrière la voiture. Puis Robert se releva en disant :

— De toute façon, ils ne peuvent pas nous voir, il fait trop noir ici et eux sont dans la lumière.

Il ne pleuvait plus mais le pare-brise de la voiture était couvert de gouttes. Il n'était pas éclairé directement par la fenêtre, pourtant les gouttes brillaient. Robert le regarda longtemps. Il trouvait ces gouttes d'eau très jolies et n'avait plus envie de regarder la fenêtre.

— Je ne vois pas Serge, dit Gilberte. Mais il est peut-être dans une autre partie de la pièce.

Robert grimpa sur la murette.

— Monte, dit-il, on voit mieux.

Il lui tendit la main et l'aida à monter.

— Je vois sa mère, dit Gilberte.

— Où ?

— Celle qui est à droite, sur cette espèce de divan, avec une autre femme et un homme qui tourne le dos.

— Cet homme, il me semble que je le connais.

— On ne voit pas sa figure.

L'homme tourna légèrement la tête et Robert reconnut son profil.

— C'est le docteur Jaillet, dit-il. D'ailleurs, la « D S » qui est là-bas, ça doit être la sienne.

Ils continuèrent d'observer en silence. Les gens étaient assis et parlaient. Parfois, quelqu'un se levait, marchait, disparaissait et revenait. Une femme apporta un plateau. Les autres prenaient quelque chose sur le plateau et mangeaient.

— Ça doit être des gâteaux, dit Robert.

— Ou bien des toasts.

— Qu'est-ce que c'est ?

— C'est ce qu'on mange comme ça dans les réceptions.

— Tu en as mangé ?

— Non, mais je l'ai lu dans un journal.

— Moi, je crois que ce sont plutôt des gâteaux.

Ensuite, une autre femme apporta un plateau chargé de verres.

— C'est la tante de Serge, dit Robert. Je la connais, je l'ai vue avec lui, un jour. Elle a une voiture, et c'est elle qui conduit. Je crois que c'est une décapotable qu'elle a.

Gilberte ne dit rien. Elle continait de regarder. Robert se tourna vers elle. A peine éclairé, son visage se découpait pourtant sur la nuit. Elle souriait. Le vent soulevait ses cheveux et elle devait, par moment, tourner un peu la tête pour rejeter en arrière une mèche qui venait lui battre la bouche.

— C'est rudement beau, chez eux, murmura-t-elle.

— Oui, et ils ont la télévision.

— Tu l'as déjà vue ?

— Non, mais je sais qu'ils l'ont.

— Ça, c'est bien, la télévision !

— Serge dit que c'est casse-pieds et toujours pareil.

Gilberte se tourna vers lui.

— Alors, qu'est-ce qu'on fait. Où est Serge ?

— Je ne sais pas. S'il était avec eux, on l'aurait vu. Il est sûrement dans sa chambre.

— Faudrait en être sûr.

Robert sauta du mur et Gilberte le suivit. Ils

passèrent par le terrain vague en suivant le chemin que Serge avait emprunté la veille.

Sur l'autre façade de la maison, aucune fenêtre n'était éclairée. Quand ils ne furent plus qu'à quelques pas, Robert lança le coup de sifflet de ralliement. Ils attendirent.

— On dirait que sa fenêtre est ouverte, dit Robert.

— Oui, il y a une fenêtre ouverte en bas. Tu es sûr que c'est la sienne ?

— Oui.

Ils attendirent encore. Robert n'osait plus siffler. Enfin, il avança sans bruit.

— Je vais lancer un caillou dans sa chambre, tiens-toi prête, s'il vient quelqu'un d'autre, on se sauve.

Ils entendirent le caillou rouler sur le plancher. Rien ne bougea.

— Tout de même, s'il était là, il aurait entendu.

— Essaie encore.

Robert changea de place et lança un autre caillou qui ne fit aucun bruit.

— Il est peut-être tombé sur le lit, dit Gilberte.

— Sûrement, oui. Alors, s'il est couché, ça devrait le réveiller.

— Qu'est-ce qu'on fait ?

— J'en essaie encore un, et si ça bouge pas, c'est qu'il est parti.

— Et si tu essayais plutôt de grimper, je te ferais la courte échelle.

— Tu es folle, suffirait qu'on me voie pour qu'on dise que je viens voler.

— C'est pourtant ton copain, Serge.

— Mais ses parents... Non, non, j'aime mieux encore balancer un gadin.

Quand le caillou arriva, il y eut un bruit de verre brisé.

— Viens vite, dit Robert. Viens ! Je crois qu'il y a des dégâts.

Il empoigna la main de Gilberte et l'entraîna. Elle trébucha deux fois et il la retint. Sur le chemin, ils s'arrêtèrent, attendirent avant de passer devant la maison, puis, comme rien ne bougeait, ils se mirent en route.

Une fois éloignés, Gilberte demanda :

— Alors, qu'est-ce qu'on fait, maintenant ?

— C'est foutu... Ils sont partis... On ne peut plus rien faire.

Robert parlait vite. Sa voix recommençait à vibrer.

— Faut prévenir les gendarmes, dit Gilberte.

— Les gendarmes, tu es folle ! Ils nous arrêteraient.

— Tu n'es pas obligé de parler des Bouvier. Ni même de donner des noms. Tu dis que tu as vu des inconnus qui tournaient autour de la maison de la vieille, que tu crois qu'ils préparaient un coup, et qu'il faut surveiller la maison. Ça suffira. Ils iront, et quand les autres verront qu'il y a des gendarmes, ils n'oseront pas s'y frotter.

— Non, je ne peux pas. Ils me poseront des questions. Mon père dit que les gendarmes finissent toujours par vous faire parler quand ils veulent. Non, non, je ne peux pas.

La petite s'arrêta. Robert fit encore deux pas puis revint vers elle et demanda :

— Qu'est-ce que tu as ?

— Tu aimes mieux que la mère Vintard soit tuée ?

— Mais enfin, tu sais bien que je ne peux pas

aller raconter des histoires pareilles à des cognes, quoi ! On serait tous dans le coup.

— Si tu racontes tout, oui, mais pas si tu te contentes de les avertir.

— Mais tu les connais pas, je te dis ; si tu avais vu la tête de Ferdinand Magnin quand il est sorti de leurs pattes, après son interrogatoire !

— C'était différent, ils l'accusaient d'avoir volé des voitures.

— Et c'était pas vrai. On l'a su après.

Il y eut un silence et il dit encore :

— Et pourtant, qu'est-ce qu'ils lui ont passé ! Bon Dieu, si tu avais vu sa tête !

Ils se turent un moment puis Gilberte demanda :

— Tu as peur, hein ?

Il répondit sans hésiter :

— De tomber dans leurs pattes, oui !

La petite eut un haussement d'épaules en disant :

— C'est bon, si tu préfères que la mère Vintard soit tuée !

Elle avait dit cela sans élever le ton, mais sa voix était changée. Robert demeura surpris, sans un mot à répondre, avec simplement cette idée que Gilberte allait peut-être se fâcher et partir. Alors, de nouveau il eut peur. La nuit lui parut plus noire, plus froide et surtout plus vide.

— Gilberte, je ne sais plus, moi... Je ne sais plus ce qu'il faut faire. Mais je ne peux tout de même pas les faire coincer ? On ne fait pas coincer des copains !

— Des copains !... Des copains...

Elle répétait le mot comme si elle l'eût entendu pour la première fois. Puis, après un temps de réflexion, elle demanda :

— Et s'ils volent la vieille ? S'ils arrivent à la voler sans qu'elle se réveille. Si les gendarmes n'arrivent pas à les prendre, est-ce que ce sera toujours tes copains ?

Robert baissa la tête. Elle attendit un peu puis s'approcha de lui à le frôler.

— Réponds-moi, dit-elle, est-ce que tu continuerais de les voir ?

— Bien sûr, dit-il, ils auront volé... Mais moi... moi je ne suis pas avec eux.

Cette fois, elle se fâcha. Elle ne criait pas, à cause des maisons proches, mais elle parlait à mots hachés et très durs.

— Ils auront volé et tu le sauras. Et tu ne diras rien. Et moi aussi, je saurai... Et tu m'obligeras peut-être à me taire aussi... Et si on m'interroge, tu m'obligeras à mentir... Et si mon père parle de ça, je serai obligée de me cacher, ou de faire comme toi, à midi, quand je t'ai parlé de la génisse des Bouvier !

— Mais la vieille, elle n'en fait rien, de cet argent...

Gilberte l'interrompit. Cette fois, elle ne put se retenir de crier.

— Alors, c'est une raison ! C'est peut-être ce qu'ils t'ont dit pour t'entraîner avec eux. Et toi, tu as marché. Tu voudrais que je te donne raison...

Elle se tut soudain. Un volet s'ouvrait à la maison la plus proche.

— Qu'est-ce que c'est ? lança une voix d'homme.

Ils se sauvèrent en courant. Et derrière eux la voix cria :

— Attendez un peu, bande de voyous, que je descende !

Un chien s'était mis à aboyer sur la gauche,

dans une autre rue. Il y eut bientôt quatre ou cinq chiens qui se répondirent et un autre volet claqua.

— Allons dans le lavoir, lança Robert sans s'arrêter.

Ils prirent le sentier qui contourne le monument et se cachèrent sous le lavoir. Accroupis côte à côte derrière le grand bac de ciment, ils reprenaient leur souffle. Les chiens aboyèrent encore longtemps puis, un à un, ils se turent. Le vent balançait toujours les lampes et la lueur de la plus proche venait parfois jusqu'au fond du lavoir. Le mur s'éclairait un instant, et ils pouvaient se voir dans un reflet.

— On a eu de la chance, dit Gilberte.

— Tu n'aurais pas dû crier comme ça.

— C'est ta faute, aussi. Tu te rends compte, ce que tu ferais ! Mais tu sais qu'on est aussi coupable quand on sait et qu'on ne dit rien.

— On n'est pas coupable si les gendarmes ne nous trouvent pas.

— Tu ne comprends pas ce que je veux dire. Tu n'as pas le droit de te taire si tu sais que d'autres ont volé.

— Je ne peux tout de même pas les moucharder !

— C'est pourtant mieux que de laisser tuer une femme, non ?

— C'est une vacherie.

— C'est peut-être une vacherie, mais les laisser faire et se taire après, c'est un péché.

Elle se tut, puis reprit en lui pinçant le bras.

— C'est un péché mortel. Tu entends ?... Un péché mortel.

Robert ne dit rien. L'eau coulait dans le bassin

et, quand le vent était très fort, le bruit changeait et de petites gouttes venaient jusqu'à eux.

Soudain, Gilberte posa sa main sur celle de Robert.

— Ça y est, dit-elle. J'ai trouvé.

— Quoi ? Dis. Dis vite !

— Ce qu'il faut, c'est quelqu'un qui les empêche de faire ça et qui ne dise rien aux gendarmes. Quelqu'un qui ne les fasse pas punir. Quelqu'un qui soit capable de les arrêter et de leur expliquer qu'ils sont fous, mais sans les faire mettre en prison et surtout sans que tu sois embêté, toi.

— Alors ?

— M. le Curé.

Il y eut un silence, puis Robert dit :

— Le curé ?... Le curé ?

— Oui, oui, tu vas aller le trouver, tu lui expliqueras. Il a une moto, tu sais bien. Vous irez tous les deux à Malataverne et, quand les autres viendront, il leur parlera. Ils l'écouteront.

Robert ne répondit pas. Gilberte s'était levée. Elle le tira par la main. Il se leva aussi mais n'avança pas.

— Allons, viens, dit-elle, faut pas attendre.

— Non. Je ne peux pas. Tu me vois aller trouver le curé, moi qui n'ai pas remis les pieds à l'église depuis que ma mère est morte ?

— Mais tu es fou, voyons. C'est pas pour ça qu'il refusera de t'écouter.

— Non, non, deux ou trois fois, il a voulu me parler, j'ai toujours réussi à me débiner. Mais je sais bien qu'il m'en veut.

— Moi, je suis sûre qu'il t'écoutera.

— Non, c'est impossible.

— Mais enfin, pourquoi ?

— Je crois bien que les autres m'en voudraient autant de les donner au curé qu'aux gendarmes.

— Ça alors, c'est un peu fort ! Qu'est-ce qu'ils risquent ? Se faire disputer un bon coup, peut-être prendre une paire de calottes, pas plus.

Elle attendit quelques instants puis, comme il ne répondait pas, elle reprit :

— D'ailleurs, ils le connaissent, je le sais. Ils vont à la messe, eux !

— Pas Serge.

— Si, quelquefois, avec sa grand-mère ; et Christophe, lui, je le vois tous les dimanches.

— Si tu savais pourquoi il y va !

Elle se pencha vers lui. Il hésita, puis finit par dire en ricanant.

— C'est à cause de ses parents. Son père dit : « Quand on est dans le commerce, on n'a pas le droit d'avoir ses opinions, faut avoir celles de la majorité. »

— Qu'est-ce que tu chantes là ?

— C'est la vérité. Même que Christophe dit : « Si mon père était épicier chez les Zoulous, je serais obligé de faire la danse du ventre. »

— Vous êtes des imbéciles, lança Gilberte. Moi, je suis sûre que la mère de Christophe est très pieuse !

— Je m'en fous !

Robert s'énervait. Il fit un pas en direction de la rue, regarda vers le bas, puis revint près de Gilberte qui n'avait pas bougé.

— Faut qu'on fasse quelque chose, dit-il. Tout à l'heure, ça sera trop tard.

— Moi, je ne vois que M. le Curé pour t'aider. Si tu ne veux pas, je crois qu'on ne peut rien faire... alors, c'est pas la peine de rester là si on ne fait rien.

Elle ébaucha un mouvement comme pour s'éloigner. Robert la retint et se planta devant elle.

— Non, non, t'en va pas... Me laisse pas tout seul, tu ne peux pas faire ça !

— Alors, décide-toi...

Elle s'interrompit. Une bouffée de vent venait d'apporter le ronronnement d'un moteur. Ils s'éloignèrent de la route et retournèrent s'accroupir derrière le bassin.

La voiture passa. Les phares éclairèrent le mur du fond couvert d'inscriptions à la craie tout autour de la pancarte : « LES PARENTS SONT RESPONSABLES DES DÉGATS CAUSÉS AU LAVOIR PAR LES ENFANTS. »

— Et si tu y allais, toi ? demanda Robert.

— Moi ?

— Ma foi. Tu le connais mieux que moi, puisque tu vas à la messe, le dimanche.

— Mais il faudrait que je lui dise que je te vois. Que je suis sortie avec toi.

— Pas forcément, tu peux bien dire que c'est toi qui as vu des gens tourner autour de la maison à la mère Vintard.

Elle réfléchit quelques instants. Dans la lueur intermittente des lampes balancées par le vent, Robert voyait ses sourcils froncés, son visage penché et ses yeux qui le fixaient, durs, sous son front buté.

— Non, je ne peux pas, dit-elle. Il me demanderait pourquoi je n'en ai pas parlé à mon père. Il voudrait savoir pourquoi je suis seule dehors à cette heure-ci ; comment je suis sortie. Non, non, je ne peux pas.

— Tu vois, toi aussi, tu aimes mieux que la vieille soit tuée.

Elle ne dit rien. Elle le regardait toujours de la

même manière. Robert s'approcha un peu d'elle puis il dit lentement comme cherchant ses mots :

— Quand elle sera tuée, tu le regretteras.

La petite ne répondit pas et Robert insista :

— Tu le regretteras, et à ce moment-là, le curé saura peut-être tout... Il saura peut-être que tu pouvais empêcher... que tu n'as pas voulu aller le trouver, toi qui le connais bien... on sera tous punis. Tous... Et ce sera de ta faute.

Une bourrasque gronda autour du lavoir. Un peu de poussière d'eau arriva sur eux et la lueur de la lampe vint deux ou trois fois jusqu'au mur. Robert s'avança encore pour mieux voir Gilberte. Elle pleurait. Des larmes coulaient sur ses joues. Tout son visage était bouleversé. Il lui prit les bras.

— Qu'est-ce que tu as ?

Elle baissa la tête.

— Dis-moi, qu'est-ce que tu as ? répéta-t-il.

— Elle sera tuée. J'en suis sûre. Quelque chose me dit qu'elle sera tuée... C'est une intuition... Je suis sûre qu'il va arriver un malheur... C'est normal d'ailleurs, Malataverne, c'est le coin du malheur... Les vieux le disent. Du temps des rouliers, il y avait une auberge... Les ruines, c'est l'auberge. Il y a eu des crimes... Il y aurait même des gens enterrés sous les ruines.

— C'est des histoires, tout ça.

— Non, non. Je sens qu'il va y avoir un malheur. Et ce sera de notre faute. Et le malheur retombera sur nous... Sur notre maison, sur mes parents aussi. Et tout sera de ma faute.

— Tu dis des conneries ; ça ne tient pas debout.

Robert parlait avec moins d'assurance. Lui aussi se souvenait des histoires de Malataverne. La maison sous la montagne. La maison des crimes. La maison des Froids... Certains ne savaient plus si on l'appelait ainsi à cause de la fraîcheur du coteau exposé en plein nord ou bien à cause des gens assassinés jadis et que l'on avait, racontait-on, enterrés dans ces bois.

— Ecoute, Robert, faut que tu ailles trouver le curé. Il les arrêtera. Il peut, lui.

Elle hésita, se pencha vers lui et, très bas, tout près de son oreille, elle ajouta :

— Lui, c'est un peu le bon Dieu, tu comprends. S'il y a vraiment le malheur sur ce coin-là, ça vient peut-être du Diable... Lui, tu comprends, c'est des choses qu'il peut... enfin, tu comprends.

— Tu sais bien que, moi, je ne crois pas à tout ça.

La voix de Gilberte redevint dure.

— Quand la mère Vintard sera tuée, tu y croiras peut-être.

Robert se retourna. Il lui avait semblé que quelqu'un était là, derrière lui. Le vent soufflait moins. Robert écoutait. La nuit vivait. Il se sentit oppressé, comme tout à l'heure dans sa chambre.

— Robert ?

— Quoi ?

— Tu as tort de dire que tu ne crois pas à tout ça... Je ne peux pas t'expliquer, mais j'ai peur... Quelque chose me dit que le malheur va venir. Ça ne s'explique pas...

— Justement, c'est de la foutaise.

— Robert !

— Quoi ?

— J'ai peur. J'ai peur que ça nous porte malheur pour toujours si on ne fait pas quelque chose pour les arrêter.

— J'aurais pas dû monter te chercher.

Elle ne répondit pas. Elle avait encore des sanglots et il la vit qui s'essuyait les yeux. Ils restèrent un long moment sans prononcer un mot, puis, soudain, d'une voix un peu rauque, elle dit :

— J'y pense d'un coup. Si Serge est parti si tôt, c'est sans doute qu'ils ont décidé de changer l'heure. Ils sont peut-être déjà là-bas.

— Tu crois ?

— Je ne sais pas, moi. Je cherche à comprendre. J'ai tellement l'impression qu'il va y avoir un grand malheur. C'est peut-être déjà fait... On ne sait pas.

Elle lui pinçait le bras. Il lui prit la main. Elle le lâcha.

— Alors, dit-il, c'est trop tard...

Elle se remit à parler plus fort et il comprit au son de sa voix qu'elle allait encore pleurer.

— Mais non, on ne sait jamais. Il faut se dépêcher, Robert. Faut se dépêcher... Viens, allez, viens. Viens chez M. le Curé... On peut encore arriver à temps.

Ils s'étaient levés. Ils allèrent jusqu'au trottoir. Le vent grondait, très loin, au fond de la vallée. Ils l'entendirent approcher et, bientôt, il fut dans les platanes de la route. Des feuilles passèrent, luisantes dans la clarté des lampes qui s'agitaient.

Encore une fois, Robert se retourna.

— Qu'est-ce que tu as ? demanda Gilberte.

— Je ne sais pas. Il me semblait qu'il y avait quelqu'un.

La petite haussa les épaules.

— C'est le vent, tu vois bien... Allez, viens. Faut plus tarder, à présent.

Elle l'empoigna par la main et l'entraîna.

18

Ils allaient vite. Gilberte passait au ras des murs. Elle tenait toujours la main de Robert qui marchait tout près d'elle. Il se retournait souvent. Il fouillait du regard l'ombre des porches et des ruelles et levait les yeux vers les fenêtres éclairées. La rue était vide. Tout était vide, mais ce vide était inquiétant.

Robert avait retrouvé l'impression ressentie dans sa chambre, elle ne le quittait plus. Par moment, ce n'était pas seulement une sensation vague. Quelqu'un était là. Il en était certain. Quelqu'un qui le suivait, épiait ses gestes... quelqu'un qui savait peut-être ce qu'il pensait.

Il faillit s'arrêter. Obliger Gilberte à se retourner et à courir. Sans le vouloir vraiment, il avait ralenti. La petite le tira.

— Viens. Te retourne pas tout le temps comme ça, tu vois bien qu'il n'y a personne.

Ils marchèrent plus vite. Puis ce fut elle qui ralentit. Ils étaient devant la maison du plombier.

— Tu vois, dit Gilberte, il y a encore de la lumière chez tes patrons.

Les vitres de l'atelier reflétaient toujours la

fenêtre de la cuisine. Robert se remit à marcher, entraînant Gilberte.

— Allons, viens, dit-il. C'est la patronne. Je suis sûr qu'il est couché, lui. J'en suis sûr. Viens vite, ça ne servirait à rien d'entrer.

Ils repartirent. La lune était levée mais elle n'apparaissait que rarement entre deux nuages. Pourtant le ciel était plus clair, avec de grands sillons blancs tourmentés.

Arrivée sur la place, Gilberte regarda le clocher.

— Il est presque 11 heures et quart.

Devant l'escalier de l'église, ils étaient dans l'ombre. Robert s'arrêta.

— Va falloir faire vite, dit-il. Vaudrait mieux que ce soit toi qui lui expliques.

— Non, fit-elle.

Elle avait frappé le sol du pied. Robert hésita et, pourtant, il demanda encore :

— Et s'il est couché ?

— Il se lèvera. Il se lève bien pour porter l'extrême-onction.

— Et si on allait les deux ?

Elle frappa de nouveau sur le sol et sa voix monta.

— Non, non et non. C'est toi qui iras. C'est toi qui iras. C'est décidé, il n'y a plus à discuter !

Elle lui avait lâché la main pour lui pincer le bras. Il se laissa entraîner en murmurant simplement :

— Je pourrai jamais, je pourrai pas... Je sens que je pourrai jamais.

— Tu pourras. Je me cacherai au fond de la ruelle quand vous sortirez et j'attendrai que vous soyez partis pour m'en aller.

— Mais c'est vrai, tu ne peux pas remonter toute seule ! Tu vois bien que c'est impossible.

— Et alors, qu'est-ce que tu crois ? Tu te figures que j'aurai peur ? Ne t'inquiète pas pour moi.

Il baissa la tête.

Ils arrivaient de l'autre côté de la place.

— C'est tout bouclé chez Christophe, remarqua Gilberte.

— Oui, c'est tout bouclé.

Robert ne pensait plus, il ne sentait plus, il était une machine qui avançait parce que Gilberte la conduisait.

Ils s'arrêtèrent devant le mur de la cure. La porte était entrouverte. Gilberte le poussa.

— C'est encore éclairé. On a de la chance, dit-elle.

— Viens avec moi... Viens, Gilberte !

Elle le bouscula vers l'intérieur et sonna.

— Allez, va, je reste là.

Elle tira la porte et Robert se trouva seul dans la cour. La clochette tinta encore. Le fil de fer vibrait contre le crépi du mur. Sur les quatre marches de l'escalier de pierre, les persiennes traçaient des rais de lumière jaune.

Robert n'avait pas bougé. Son regard était rivé aux persiennes de la porte-fenêtre. Le temps passait. Des heures... Toute la nuit peut-être.

Robert sursauta. Une ombre s'agitait derrière les vitres. La porte s'entrouvrit.

— Qu'est-ce que c'est ? Il y a bien quelqu'un ?

C'était la voix de la vieille bonne. Derrière Robert, il y eut un frôlement contre la porte de la rue.

— Allez, vas-y, souffla Gilberte, vas-y !

— C'est moi !

Robert ne reconnut pas le son de sa propre voix. Dans les arbres, à gauche, il y eut un envol d'oiseaux.

— Qu'est-ce que vous voulez ?

Robert s'avança. Les volets s'ouvraient. La femme parut. Elle portait un manteau noir. En bas, une chemise de nuit blanche dépassait, tombant sur ses pantoufles.

— Qu'est-ce que vous voulez ? dit-elle.

— Je voudrais voir M. le Curé.

— Avancez un peu !

Robert monta deux marches et s'arrêta. La vieille eut un mouvement de côté pour laisser passer la lumière. Robert cligna des yeux.

— Ah, c'est toi, le petit Paillot, dit-elle. Qu'est-ce que tu lui veux à M. le Curé ?

— Je voudrais qu'il vienne, c'est important.

— C'est pour ton père ? Il n'aura pas assez bu, sûrement !

— Non, c'est pas pour ça...

— Hé bien quoi, explique-toi !

— Je ne peux pas. Je ne peux le dire qu'à M. le Curé... C'est... Je ne peux pas... Faudrait qu'il vienne...

La vieille s'avança pour mieux le voir.

— Mais, ma parole, dit-elle, il est saoul aussi, celui-là... Tel père, tel fils... Si c'est pas une honte à cet âge-là ! C'est du propre ; c'est du joli ! Espèce de petit morveux. Veux-tu bien me fiche le camp. Ça n'a pas mis les pieds à l'église depuis des années et ça viendrait réveiller M. le Curé pour des histoires de poivrot. Allez, allez, et file un peu si tu n'as pas envie que je téléphone aux gendarmes !...

Robert descendit les marches, se retourna encore et vit la vieille qui le menaçait de la main avant de refermer ses volets.

Gilberte était toujours derrière la porte. Il demanda :

— Tu as entendu ?

— Vieille vipère, ragea-t-elle, les dents serrées. Vieille harpie... Si M. le Curé savait ça !

Robert s'était adossé au mur, il était sans forces. Ses jambes tremblaient. Il sentait qu'il ne pourrait plus faire un seul pas.

— Voilà, murmura-t-il. C'est fini... On a tout essayé... C'est fini.

— Viens, dit-elle. Allez, viens, et arrête-toi de dire des âneries.

Il se laissa entraîner vers la place. Arrivés à l'endroit où la lumière commençait, elle se planta devant lui et l'obligea à lever la tête. Robert ne pouvait plus penser, mais il constata pourtant qu'elle avait dans le visage quelque chose de dur, de sévère, qu'il n'avait jamais remarqué. Quelque chose qui lui faisait ressembler à sa mère.

— Ecoute-moi, dit-elle. Ecoute bien. Cette fois, on n'a plus le temps de discuter. Ou tu vas trouver les gendarmes, ou bien on monte à Malataverne tous les deux.

— Hein ?... Et qu'est-ce qu'on fera ?

— Tu ne penses tout de même pas qu'ils oseraient y aller en voyant qu'on est là ?

— Ils se gêneraient.

Elle se pencha pour souffler :

— Tu as peur, hein ?... Dis-le que tu as peur. Tu te retournais tout le long du chemin... Tu regardais partout, dans tous les recoins... Tu crois peut-être que je ne t'ai pas vu ? Tu avais peur que Christophe soit caché quelque part et qu'il te demande où on allait ?... Tu en as peur, hein, de Christophe ?

Robert avala sa salive.

— Non... C'est pas ça. Je ne pensais pas à lui.

— A Serge alors ? Tu aurais peur de ce gamin ?

Robert retrouva un peu de voix pour lancer :

— Non, sûrement pas ! C'est un morveux.

— Alors, qu'est-ce que tu as ? Allez, dis ?

Robert regarda vers la place. Là-bas, de l'autre côté, l'église se détachait en noir sur le ciel où les nuages se déchiraient.

— J'ai rien, dit-il. Rien du tout.

Sa gorge recommençait à lui faire mal et les mots sortaient avec peine.

— Si tu n'avais pas peur, fit Gilberte, on serait déjà à la gendarmerie ou bien en route pour Malataverne.

— Non, j'ai pas peur, répéta-t-il. Seulement, les gendarmes, faut pas y compter. Je suis pas un salaud. Tu ne me feras pas moucharder des copains.

— Alors, tu sais ce qu'il reste à faire ?

Ils se regardèrent un instant. Gilberte avait toujours son visage dur. Robert soupira, serra les poings et murmura :

— Allez, faut se dépêcher, à présent. Viens, faut se dépêcher.

Et ils se mirent à courir côte à côte en traversant la place.

19

Bientôt, les lampes des rues s'éteignirent. Ils n'avaient pas encore atteint le lavoir. Le vent courait toujours et, à présent, ils le recevaient de face. Dans la voûte des platanes au-dessus de leur tête c'était un grand remuement de feuilles et de branches ; un froissement continu avec des craquements secs. Sur la route, les feuilles venaient à leur rencontre ; les unes volaient par groupe, d'autres sautaient, planaient, se posaient avec des soubresauts de bêtes avant de repartir en cabrioles ; d'autres encore roulaient sur leurs pointes, tout droit, en suivant bien la route, comme de minuscules cerceaux.

Quand la lune se montrait, toutes les feuilles luisaient et semblaient avancer plus vite, poursuivies par leur ombre collée au goudron gris.

Robert les regardait. Il ne voyait qu'elles et les ombres des troncs d'arbres barrant la chaussée.

Au carrefour, sans se concerter, sans même se regarder, ils prirent la vieille route. Pendant quelques centaines de mètres elle file droit entre deux prés, et le bruit du vent s'éloigna. Il soufflait pourtant, courant sur les terres nues sans plus rien pour l'arrêter, et il venait leur gifler le côté gauche.

Puis le chemin se glissa entre deux lignes de buissons épais. Alors, le vent s'éleva, passa au-dessus de leur tête avec un bruit plus grêle, avec des sifflements d'oiseau. Les feuilles qui traversaient le chemin étaient toutes petites ; ils avaient à peine le temps de les voir quitter une haie pour s'enfiler dans l'autre.

Depuis le départ, ils n'avaient pas cessé de courir.

Bientôt, le bruit du vent se fit plus grave. Il y avait toujours le friselis des buissons, mais, approchant sans cesse, une plainte continue avec des ahanements étouffés semblait venir du ciel.

La plainte était là, et une déchirure des nuages laissa filtrer un rayon de lune qui projeta sur le chemin l'ombre transparente et souple des peupliers.

A présent, la route avait rejoint l'Orgeole, et les cascades aussi allaient chanter.

Le vent semblait vraiment venir du ciel, dévaler les coteaux d'un côté et de l'autre, et rassembler toutes ses forces dans le fond du val. Il se produisait des remous ; les buissons et les saules se cabraient, puis le vent repartait en suivant le cours du ruisseau.

Ils passèrent où Robert avait traversé la chaussée pour aller vider son arrosoir de têtards. Il regarda à droite, mais les buissons touffus cachaient l'eau.

Après le deuxième tournant, ils atteindraient l'endroit où la mère Vintard se trouvait quand Robert l'avait vue, le matin.

La lune se montra. La route blanchit, semée de pierres luisantes, de nids de poules que l'ombre accentuait. Au virage, un buisson isolé sur le promontoire du talus se démenait avec des gestes d'homme saoul. Quand ses feuilles s'envolaient, il levait un bras pour les rattraper.

Encore dix mètres, cinq, quatre, deux foulées, et ils l'auraient dépassé.

La lune courait toujours dans une grande déchirure du ciel cotonneux.

Après le virage au buisson fou, Robert s'efforça encore un moment de regarder devant lui. Là-bas, très loin, un saule avait aussi une drôle de forme. Il s'imposa de ne plus le quitter des yeux. Cependant, de temps à autre, il lançait un regard vers la lune. Quand elle fut tout près d'atteindre le nuage qu'elle poursuivait, Robert tourna la tête. Son ombre était là. Telle qu'il l'avait imaginée. Elle courait derrière lui, légèrement oblique, glissant sur le talus en se tordant un peu chaque fois qu'il se rapprochait du bord. Elle était là, comme celle de la vieille...

Au même endroit...

Elle passait au même endroit...

Elle suivait le même chemin, s'appuyait sur les mêmes pierres, s'enfonçait dans les mêmes fondrières.

Une différence, une seule : elle allait plus vite.

Non, c'est Robert qui va vite.

L'ombre suit.

Non, elle ne le suit pas, c'est lui qui la traîne derrière lui.

Tout en courant, il se passe la main sur le front. Il n'y a pourtant ni toile d'araignée ni fil de la Vierge entre les buissons. Avec un vent pareil, ça ne risque rien ! Il a pourtant senti quelque chose sur son visage. Il baisse la tête.

Non, il ne la traîne pas derrière lui, elle le poursuit.

Ça y est, la lune a rattrapé le nuage. Elle le

touche. Robert le regarde, il ne regarde qu'elle, mais il voit son ombre pourtant, il la sent... Le nuage se retire. Il se recroqueville devant la lune comme un tissu mordu par la flamme. Il fume. Sa fumée passe sur la lune.

Et l'ombre ? Que fait l'ombre ? Elle pâlit sans doute. Il ne faut pas tourner la tête. Il faut courir en regardant le ciel.

Le nuage est le plus fort. Par deux fois encore, la lune a réussi à le percer. Il s'est enflammé un instant puis s'est éteint, feu étouffé par sa propre fumée. A présent, la lune court derrière lui ; elle file très vite, toute ronde et toute pâle. Elle a cessé d'éclairer la terre. Ce n'est plus elle qui éclaire. C'est tout le ciel moutonneux, pâle avec des taches noires.

Robert tient bon. Il a repris sa cadence. Il va même un peu vite. Gilberte ne suit plus.

C'est vrai, il y a Gilberte !

Robert ralentit et se retourne. Gilberte le rejoint. Ils repartent moins vite. Et Robert cherche de nouveau quelque chose à regarder. Il cherche la lune. Il n'y a que des nuages. Des nuages tous pareils. Il cherche un buisson, un arbre, le ruisseau. Mais le val tout entier est dans la demi-lumière qui coule du ciel et qui baigne tout sans rien éclairer vraiment.

Alors, Robert regarde à côté, puis un peu plus en arrière.

Elle est là. Elle est à peine visible. Les pierres la traversent. Elle n'a même plus de forme bien précise ; mais elle est là.

Robert court. Sa main se porte encore à son front. Son front est en sueur. Mais ce n'est pas ce que cherche sa main.

Tiens, un buisson qui se détache... Les peupliers... Dans la terre du champ quelque chose de luisant vient de courir... Le ruisseau.

Robert lève la tête. La lune est derrière un nuage très mince qui s'étire, s'effiloche, devient poreux et finit par s'enflammer un instant avant de disparaître. Celui-là n'a même pas fait de fumée.

Un long moment, Robert lutte. Ses yeux lui font mal à force de regarder la lumière en face. Puis il finit par céder. Il baisse la tête d'abord et fixe le chemin droit devant lui, à l'endroit où il se coule sous les arbres. Enfin le voilà qui tourne la tête.

Son ombre est là. Elle est épaisse, noire, opaque comme une tache d'encre sur une belle feuille blanche. Les taches d'encre, ça prend toutes les formes. On peut dessiner avec une tache d'encre. On y pose le bout du doigt...

Toutes les formes... Une forme courte, ramassée.

L'ombre de la vieille... Ça y est : Robert court sur le chemin de Malataverne avec l'ombre de la vieille collée à lui.

Il vient de regarder Gilberte. Il voudrait s'arrêter et lui dire : « Débarrasse-moi de ça ! Fais quelque chose pour moi ! Tu vois bien que je vais devenir fou ! »

Et puis, tout d'un coup, voilà un grand trait de lumière au ras du sol entre les troncs des peupliers. Un trait tout droit, comme un couteau.

C'est ça. C'est le couteau. Le couteau pour ouvrir la porte.

— Il faut tuer l'ombre...

— Qu'est-ce que tu dis ? demande Gilberte.

— Moi ? Rien.

— Si, tu as dit quelque chose, mais je n'ai pas compris.

— J'ai dit : « Quel vent ! »

Ils ont atteint l'endroit où le chemin paraît entrer sous la montagne. Ils l'ont atteint d'un coup, à la sortie d'un virage.

Et l'ombre est restée là. Elle s'est arrêtée. Elle a cessé de les suivre... Robert en est certain.

Ils courent encore un moment, puis Gilberte s'arrête.

— J'en peux plus...

Robert aussi est essoufflé, mais il pourrait courir encore.

La lune éclaire toute la vallée derrière eux et, à gauche, tout le flanc du coteau. D'où ils sont, ils ne peuvent pas voir les Ferry.

Gilberte marche lentement, les deux mains sur sa poitrine.

— Si j'avais su, souffle-t-elle, on serait descendus là directement, et j'aurais pris Bellonne. Avec elle, on risquait rien.

— Par le raccourci, tu as peut-être le temps...

— Tu es fou... Allez, viens.

Ils marchent plus vite, Gilberte lui empoigne le bras. Sa voix se fait dure et elle dit :

— C'est pas le moment d'avoir peur, hein ? C'est plus le moment.

— Non, non, fait Robert.

Sa voix sonne mal. Gilberte s'arrête et l'oblige à lui faire face.

— Regarde-moi !

Il lève les yeux. La lune s'est cachée mais ils se voient pourtant parfaitement dans cette lueur diffuse qui vient aussi bien de la terre que du ciel.

Gilberte a son visage de petite femme.

— Tu m'entends, hein, c'est plus le moment d'avoir peur.

Elle lui pince encore le bras. Elle serre, enfonce l'ongle de son pouce et de son index puis elle tourne un peu sa main tordant la peau. Robert grimace.

— Tu me promets, hein ? Faut qu'on les arrête... Faut absolument.

— Oui, fait Robert. Oui, oui !

Ils repartent. Ils ne courent plus ; ils marchent vite en restant sur le bas-côté où l'herbe étouffe le bruit des pas. Et Gilberte ne cesse plus de parler.

— Si on se dégonflait à présent, ce serait dégoûtant. Moi, je me dégoûterais, après... On n'oserait plus se regarder.

Elle tourne la tête. Robert l'observe aussi du coin de l'œil. Elle poursuit :

— Si tu n'étais pas venu, je n'aurais jamais pu te revoir. Et puis, aussi, c'est le meilleur moyen que tout soit fini... Le coup des Bouvier, c'est terrible, à cause de la génisse perdue surtout... Ça vaut cher, une génisse. Mais enfin, ça peut des fois passer si ça s'arrête là... Les autres, qu'ils aillent continuer ailleurs, on s'en moque pas mal... Mais là, tu comprends, non, faut pas.

A présent, Robert se sent plus à l'aise. Ils ont quitté le couvert des arbres, mais le chemin court vraiment au pied de la montagne, si bien que la lune est derrière le sommet. Quand elle sort des nuages, à présent, elle n'éclaire plus que la moitié du coteau sur leur gauche. L'autre versant, le versant des Froids est une masse sombre qui pèse sur eux. Bientôt, ils seront sous le Bois Noir. Déjà, ils l'entendent qui gronde, qui semble rouler sur le flanc de la montagne. C'est de lui que vient le vent. Un vent qui fraîchit de plus en plus.

— Faut pas, répète Gilberte. Un malheur ici, ce serait le grand malheur sur toute la vallée. Les vieux ont raison, le malheur attire le malheur.

Elle se tait... Robert ne dit rien. Ils marchent, puis elle reprend :

— Les bêtes se mettraient à crever... Il y aurait la grêle, tout le temps... Les gelées de printemps... Peut-être le grand sec avec les sources et les puits taris comme cette année dont parle mon père... Non, non, on ne peut pas laisser faire ça !... Et puis, d'abord, ça se saurait forcément... Ils seraient arrêtés... Ils le diraient, que tu étais au courant... Non, non, faut pas.

Elle ne cessait plus de parler. C'était comme le vent, comme le ruisseau. Robert allait, du même pas qu'elle. Sans rien dire... Il l'écoutait, mais ce qu'elle disait était sans importance.

Ce qui comptait, maintenant, c'était d'arriver assez tôt. D'arriver pour empêcher le malheur.

Ce qui comptait aussi, qui pesait sur lui, ce n'était plus la lumière de la lune et cette ombre accrochée à lui ; c'était le poids de la montagne. Là, juste au-dessus d'eux. La montagne des Froids, avec le Bois Noir qui grondait.

Très haut, invisibles, suspendus entre les nuages et le haut du bois, il y avait les Bouvier. La ferme, le verger, la luzerne derrière avec, peut-être encore, la génisse toute gonflée. Non, ils avaient dû l'enterrer déjà. Sûrement.

— Faut traverser.

En parlant, Gilberte s'était arrêtée sur le talus. A quelques mètres, le ruisseau coulait entre les pierres et les arbres qui se penchaient sur lui. Sur l'autre rive, trois mètres à peine de replat puis c'était le petit pré incliné comme un talus qui s'enfonçait sous la lisière du Bois Noir. Robert regardait. Là-bas c'était la vraie nuit. D'ici, on la sentait épaisse et froide, avec des bruits qui ne venaient pas du vent.

— Tu crois ? demanda Robert. On n'attend pas d'être en face de la maison ?

— Non, viens.

— Pourtant, là-bas, c'est plus facile, il y a le pont.

— Viens, je te dis. Faut pas arriver par le chemin.

Elle lui avait pris la main et, sautant du talus, elle l'obligea à descendre dans le pré.

L'herbe était haute et mouillée. La terre spongieuse cédait sous le pas.

— On va s'enfoncer, dit-il.

— C'est rien, avance.

Chaque fois qu'ils levaient un pied, il y avait comme un bruit de bouche qui tète.

— Avance, quoi !

Ils étaient aux arbres. Elle se baissa et se coula sous les branches. L'eau chantait. Plus haut, on entendait les cascades, mais leur bruit était souvent couvert par celui du vent. Une rafale dégringola le coteau. Toute la forêt s'ébroua en grognant, les arbres du ruisseau se couchèrent un instant et Robert reçut en pleine figure le coup de fouet d'une branche souple et feuillue.

Ils pataugèrent. Les pierres roulaient sous leurs pieds, la mousse était visqueuse.

Sur l'autre rive, ils durent ramper pour passer sous des fils de fer barbelés. L'ombre était épaisse. Robert sentit le sol bosselé et mou.

— C'est dégueulasse, souffla-t-il.

— Oui, c'est là que les bêtes viennent boire.

Un peu plus loin, il se baissa pour essuyer ses mains dans l'herbe, puis il les frotta sur son pantalon.

Gilberte s'était arrêtée. Le vent fit une pause, mais le bois continua de remuer.

— Regarde, dit-elle.

Robert se tourna un peu. Le ruisseau luisait puis disparaissait. Ensuite, il y avait une grosse masse d'arbres noirs, qui se découpait dans le fond plus clair du coteau. La lune donnait en plein.

Robert respira plusieurs fois très fort.

A droite des arbres, et plus noire encore, se détachant également sur le coteau, une autre masse aux lignes droites, aux angles durs. Une masse parfaitement immobile dans tout ce monde en mouvement.

C'était Malataverne. A côté, à peine visible, émergeait un coin du toit de la ferme Vintard.

20

A l'endroit où les buissons forment voûte au-dessus du sentier ils s'arrêtèrent. Ils avaient quitté le pré dont la barrière était ouverte, et devaient marcher l'un derrière l'autre tant le sentier était étroit. Gilberte était passée la première. Ils n'avaient fait que quelques pas. A présent, ils ne bougeaient plus. Ils essayaient de voir entre les branches, mais le vent agitait constamment les buissons.

Robert sentait son cœur cogner dans sa poitrine. Chaque battement résonnait jusque dans sa tête. Sa gorge était sèche.

Ils firent deux ou trois pas très lentement. Gilberte le tirait toujours par la main. Ils se voyaient à peine.

Robert avait retrouvé cette impression d'une présence inconnue. Il se sentait épié. On devait le voir, observer ses gestes.

Il se retourna. Derrière lui, c'était la nuit. Il ne voyait rien mais il savait qu'il n'y avait là qu'un pré. Un pré tout nu qui montait jusqu'à la lisière du Bois Noir.

Après tout, cette présence, ce devait être le

Bois Noir. Il le sentait, il l'entendait vivre tout habité de vent.

Robert serra plus fort la main de Gilberte.

— Qu'est-ce qu'il y a ? demanda-t-elle.

— Rien.

La main de Robert était moite. Celle de Gilberte ou celle de Robert ?... Les deux, peut-être. Robert ne savait plus. Il passa son autre main sur son front qui était trempé.

Gilberte se remit à marcher et ils furent bientôt à l'endroit où le sentier débouche sur le chemin des Froids. Les ruines étaient à quelques mètres, cachant la maison de la vieille.

— On n'entend rien, dit Gilberte.

— Avec le vent, c'est forcé.

— Allez, faut s'approcher.

— Tu veux y aller directement ? On ferait pas mieux de faire le tour ?

— Tu rigoles, c'est bien trop long, et il y a des ronces et des orties partout.

Elle avança dans le chemin. Comme ils arrivaient à hauteur des ruines, un rat sortit des broussailles et fila vers le ruisseau. Ils avaient eu tous les deux un mouvement de recul.

— C'est un rat, souffla Robert.

Ils repartirent. Quand la lune se montra, ils avaient dépassé les ruines. Le coteau en face d'eux s'éclaira. La maison de la vieille se trouvait dans l'ombre de la montagne, mais chaque détail était cependant distinct. La porte était fermée. Les volets aussi. Un nuage passa dont l'ombre rampait sur le coteau, puis la lumière revint.

— Le chien est sûrement crevé, dit Robert.

— Ça dépend, on n'a pas fait de bruit jusqu'à présent. Il n'a pas de raison d'aboyer.

— Il nous aurait sentis.

— Les autres ne sont pas encore là.
— On ne voit rien.
— S'ils étaient là, la porte serait ouverte.
Gilberte grimpa sur la murette de pierre sèche et s'agrippa au grillage. Après quelques instants, elle se retourna.
— Monte, dit-elle.
Robert se hissa près d'elle. Elle tendit le doigt en le passant à travers le grillage.
— Regarde, dit-elle, là-bas, entre le tas de bois et le dernier saule, juste au bord du ruisseau.
— Oui... tu crois que c'est lui ?
— Ça peut pas être autre chose.
C'était Fineau. Ça ne faisait aucun doute. Il était allongé sur le flanc, la tête tout près de la rive, les pattes étendues.
— Il dort peut-être, dit Robert.
— Tu parles ! Sûrement pas. Il a la gueule presque dans l'eau. Il aura voulu boire. Et il est mort comme ça, à ce moment-là.
— Faut en être sûr, dit Robert.
Il sauta sur le chemin, ramassa trois cailloux et remonta près de Gilberte. Son premier caillou tomba sur le tas de bois et ricocha entre les rondins. Le deuxième fit gicler l'eau tout près de la tête du chien.
— Tu vois, dit-elle, il est bien mort. Rien que ça, c'est dégoûtant. Quand je pense qu'ils pourraient faire pareil à ma Bellonne et à son petit. Et à notre vieille Diane.
Elle empoigna le bras de Robert et continua, les dents serrées.
— Ce sont des salauds. Tu ne diras pas le contraire. Des salauds !
Robert baissait la tête. Il murmura :
— Celui-là, c'était un sale clebs, il gueulait tout

le temps sans motif. Il aurait mordu tout le monde.

— C'est pas une raison. C'était son travail de chien.

— C'est vrai... A présent, c'est fini.

— Mais ça aussi, faudra leur dire. Ça aussi faudrait qu'ils comprennent que c'est dégoûtant.

Ils restèrent encore un moment à regarder le chien mort, puis Gilberte se mit à marcher sur la murette en remontant vers les ruines. Elle allait lentement, cherchant à éviter les pierres branlantes.

— Qu'est-ce que tu fais ?

— Viens, tu verras.

Tout en avançant, elle secouait chaque piquet.

— Fais pas tant de bruit, dit Robert.

— A présent que le chien est crevé...

Elle s'arrêta enfin près d'un piquet plus solide que les autres.

— Aide-moi, dit-elle, je vais passer la première.

— Tu veux entrer, mais ça ne sert à rien, on peut aussi bien attendre ici.

— Mais non, tu ne sais pas par où ils entreront dans le clos. S'ils viennent par-derrière, le temps qu'on escalade et qu'on aille jusqu'à eux, ils peuvent enfoncer la porte. Le mieux c'est de se cacher dans les ruines.

Robert avait du mal à respirer. Il ne dit rien. Il ne pouvait rien dire. Tout résonnait en lui, tout faisait un vaste tourbillon comme le vent dans le Bois Noir. Il était peut-être fou, Gilberte était peut-être folle. Il ne savait même plus s'il n'avait pas inventé de toutes pièces cette histoire de cambriolage... Pourtant, le vieux Fineau était mort... Un chien, ça peut crever sans qu'on l'empoisonne !... mais enfin, juste aujourd'hui !

— Alors, tu viens, oui ?

Gilberte était de l'autre côté. Mettant un pied dans les mains de Robert, s'aidant du poteau et du grillage, elle avait pu sauter. Et Robert n'avait rien vu. Tout se passait en dehors de lui. Pourtant, un instant, il y eut comme une déchirure. Il se vit détalant en courant et criant à Gilberte : « Débrouille-toi, c'est tout de la blague ! » Mais tout ne dura vraiment qu'un instant. Déjà, il empoignait le poteau, enfonçait dans le grillage la pointe de son brodequin et parvenait à se hisser. La barrière se coucha légèrement, Robert sauta.

Les ruines étaient là. Le vent sifflait sur les pierres. Entre les tuiles, des herbes avaient poussé. Elles s'agitaient sur le ciel clair.

Ils longèrent le mur écroulé, enjambant les tas de pierres et de tuiles, et se trouvèrent bientôt devant ce qui avait dû être le portail.

Là, Gilberte s'arrêta.

— On entre ? demanda-t-elle.

Robert secoua la tête. Sa gorge s'était nouée. Il avait dans la bouche une saveur amère. La lune s'était cachée, la nuit restait claire, mais l'intérieur des ruines était noyé d'ombre à cause d'un pan de toit incurvé qui gardait encore une bonne partie de ses tuiles. Ils s'accroupirent à la limite du portail et ils attendirent.

Bientôt la lumière revint et Gilberte se retourna. Robert continuait de fixer la maison de la vieille. Il ne voyait qu'elle, toute seule, sombre sur le coteau clair. Simplement, de temps à autre, passait entre ses yeux et cette maison, la silhouette de la vieille... la vieille et son ombre... La route inondée de lumière.

Il sursauta. Gilberte venait de lui toucher l'épaule.

— Qu'est-ce qu'on voit, là-bas au fond ?
Il se retourna.
— Où ça ?
— Là-bas !
Elle désignait de la main le fond de la maison écroulée, l'endroit où le toit tenait encore.
— Je ne sais pas, souffla Robert.
— J'ai envie d'aller voir. Personne n'est jamais allé là-dedans depuis des années, à part la mère Vintard.
— Non, reste là. Ça peut s'écrouler.
Elle se leva pourtant.
— Continue à guetter, je reviens tout de suite.
Robert la regarda s'éloigner. Une fois au fond, elle se baissa, ramassa quelque chose, se releva puis alla un peu plus loin. Elle se retourna et lui fit signe d'approcher. Robert la rejoignit. Elle tenait une espèce de pelle en bois, qui avait dû être creusée à même une énorme bûche. Tout était taillé dans la même masse.
— Qu'est-ce que c'est ? demanda Robert.
— Je crois que c'est une pelle à blé. Autrefois, ils faisaient leurs outils eux-mêmes.
Elle reposa la pelle. Robert respirait mieux. Il se baissa à son tour et ramassa un morceau de fer.
— Tiens, dit-il, c'est une crémaillère.
— Oui, la cheminée est là, tu vois, il y a des chenets aussi.
Dans cette cheminée, le vent s'engouffrait en sifflant. Robert s'approcha et regarda en l'air. C'était curieux de voir les nuages courir dans ce rectangle noir.
— Viens jusque-là !
Gilberte s'avança et regarda aussi.
— C'est drôle, hein ?
— Oui, c'est drôle.

Elle s'approcha de lui, tout près, à le frôler.
— Tu n'as plus peur, hein ?
— Non. — Il hésita. — Je n'avais pas peur.
Elle l'enlaça et se colla contre lui en disant :
— Je t'aime bien, tu sais. Je t'aime bien.
— Moi aussi, je t'aime bien.
Le vent chantait. Ils l'écoutèrent puis elle murmura :
— Plus tard, quand on sera mariés, on repensera à ce soir et on dira : « La nuit où on a sauvé la vieille. »
Et elle l'embrassa sur la bouche, longuement, les lèvres pincées, mais en le serrant très fort dans ses bras.

21

Ils restèrent ainsi longtemps. Ils n'entendaient que le vent qui passait autour d'eux et s'engouffrait dans la cheminée. Quand ils levaient la tête, ils voyaient le défilé des taches sombres et claires. Les yeux de Gilberte brillaient quand elle penchait la tête, et pourtant, tout son visage était dans l'ombre. Le cœur de Robert battait toujours très fort, mais sa gorge était moins serrée. La nuit n'était plus insondable. Elle s'arrêtait là, à ces quelques murs. Les murs étaient noirs comme le reste de la nuit, mais ils étaient là, tout près, et ce qui se trouvait au-delà n'existait plus.

Robert n'avait pas encore recouvré vraiment la faculté de penser, mais peu à peu naissait en lui l'idée qu'ils pouvaient rester toujours ainsi ; sans bouger, sans parler, avec cette bonne tiédeur qui se formait autour d'eux. Il sentait contre lui le corps de Gilberte et il lui semblait qu'il était un peu en elle.

Ils ne s'embrassèrent plus, ils ne parlèrent pas non plus, la tête de Robert était entre l'épaule de Gilberte et sa joue. Il sentait une mèche de cheveux que le vent agitait. C'était doux et tiède contre son oreille ; tiède et vivant.

Ils restèrent ainsi longtemps... Et puis, soudain, dans le tumulte de la nuit il y eut un craquement.

Ils tressaillirent, leurs mains se crispèrent.

Ce n'était pas un craquement d'arbre.

— La porte, souffla Gilberte.

Elle repoussa Robert et se dirigea vers le vieux portail. Il la suivit.

— Ça y est déjà, dit-elle.

Il regarda. La porte de la ferme était ouverte.

— Ils sont dedans... On s'est laissé surprendre... Viens. Viens vite, dit-elle.

Ils enjambèrent les pierrailles et se mirent à courir. Sur le seuil, ils s'arrêtèrent.

Tout au fond, dans l'obscurité épaisse de la maison, le faisceau d'une lampe électrique éclairait un angle de table. Une odeur de lait caillé venait jusqu'à eux.

Gilberte posa un pied sur le seuil de pierre et sa chaussure heurta quelque chose qui roula en tintant. La lampe se dirigea sur eux. Ils restèrent éblouis un instant et Gilberte lança :

— Arrêtez... Arrêtez-vous... On vous dénoncera.

La voix de Serge leur arriva étouffée.

— C'est l'autre con et sa tordue. Occupe-toi du fric, j'y vais.

La lampe se détourne et la silhouette de Serge masque la lumière. Robert et Gilberte sont toujours sur le seuil. Serge apparaît. Il a revêtu son sac, coiffé son béret, et son visage est masqué par le foulard. Gilberte s'est reculée d'un pas. Robert ne bouge pas.

— Vous êtes des fumiers ! grogne Serge. Tirez-vous et bouclez-la, sinon, ça pourrait faire mal !

Sa main droite vient de sortir de derrière son dos. Il descend les deux marches. Quelque chose brille. Le couteau. Il lève le bras. Robert recule.

Le goût amer est dans sa bouche. Serge passe devant lui et lui montre la lame, puis il marche vers Gilberte qui recule à son tour.

— Tu entends, dit-il. Toi aussi, la pécore. Occupe-toi de tes vaches et de ton fumier, et boucle-la, sinon gare à tes tripes.

Sa voix est lointaine à cause du bâillon. Elle fait mal, pourtant.

Robert est demeuré interdit quelques secondes. Le goût, le goût amer dans sa bouche... sa gorge qui se noue.

Et puis, soudain, il ne se commande plus. Son corps lui échappe. Il se met à agir sans lui... C'est effrayant : il est un autre... il se regarde agir.

Il s'est baissé, sa main a trouvé tout de suite l'objet que le pied de Gilberte a heurté tout à l'heure. Il se redresse, son bras se lève et il marche sur Serge. Serge fait un pas de côté et lui aussi lève le bras. La lune éclaire tout le coteau derrière lui. La lame brille. Elle tremble un peu.

— Laissez tomber ! Laissez tomber, crie Robert. Vous êtes des salauds !

— Tire-toi, je te plante !

Serge s'avance lentement.

Le bras de Robert tourne. Il y a comme un sifflement pareil à celui du vent qui se déchire sur le pignon de la ferme.

— Vous êtes fous, hurle Christophe qui se précipite et s'arrête net, à un pas de Serge.

Le bras de Robert a achevé son cercle. Au bout du sifflement, il y a eu un choc, pas très fort, comme un coup de pioche dans une terre dure.

Serge est saoul. Il est debout, ses genoux fléchissent, il va tomber en arrière... non, il penche en avant... son corps se casse et il tombe lourdement, le front en premier, puis il roule sur le côté et ne bouge plus.

Personne ne bouge.

La barre de fer est très lourde au bout du bras de Robert. Un temps. Sa main s'ouvre... La barre tombe, la pointe en avant.

Robert la regarde. Elle est restée debout, puis, comme Serge, elle verse lentement et se couche sur le sol.

— Vous êtes fous, répète Christophe... Bon Dieu, vous êtes fous !

Sa voix est lointaine, terriblement lointaine... Tout est lointain. Le grand corps de Christophe qui se déplace à présent est flou, presque transparent.

Robert le suit des yeux pourtant. Il le voit s'approcher de Serge, se pencher. Sa main s'avance lentement, puis l'autre. La lampe électrique s'allume et la lumière sale éclaire le visage de Serge.

On ne voit qu'un côté de ce visage, c'est-à-dire un peu de peau entre le foulard et le béret. Christophe arrache le béret. Il empoigne l'épaule de Serge et le fait basculer. Le bras de Serge claque sur le sol. Robert s'est approché. Il se penche. Gilberte aussi s'avance et s'incline. La lumière revient sur le visage de Serge.

Du sang. Sur tout un côté du visage ce n'est plus que du sang...

Au-dessus de l'œil gauche, c'est du sang aussi et quelque chose de blanc qui fait comme du limon.

Un temps. Le vent se tait. Et puis, Gilberte pousse un cri. Une espèce de hurlement à la fois rauque et strident. Elle se retourne et elle se met à courir.

Robert la regarde. Il ne comprend plus. Elle est

au ruisseau déjà. Elle saute. L'eau gicle. Elle remonte sur l'autre rive et la voilà qui court à présent dans la partie du coteau baignée de lune. Elle grimpe à travers la friche et son ombre grimpe devant elle.

Christophe s'est relevé. Il a toujours sa lampe éclairée au bout du bras.

— Bon Dieu... Bon Dieu... Tu l'as... Tu l'as...

Sa voix s'étrangle. Robert le regarde. Il a encore son foulard et son béret. Entre les deux ses yeux brillent.

— C'est pas vrai... c'est pas vrai !... c'est pas possible.

Robert balbutie. Il ne sait plus parler. Soudain, il se baisse. Encore une fois, il ne se commande plus. Ses mains empoignent la tête de Serge... C'est chaud et gluant. Le bâillon glisse facilement. Il soulève la tête. Il voudrait parler, il ne peut pas. Il secoue encore la tête de Serge. Le sang coule toujours, il le sent sur ses doigts.

Alors, il lâche cette tête qui retombe. Il se lève. Il regarde Christophe qui n'a pas fait un geste, et puis il se sauve.

Il court tout droit devant lui... Droit... Tout droit en tournant le dos au coteau où Gilberte s'est enfuie.

Il court tout droit vers la nuit.

22

Robert courut longtemps avant de s'apercevoir que quelque chose était changé dans la nuit. Derrière lui, la vallée n'était plus la même. Le cri de Gilberte avait suffi pour tout réveiller.

Les chiens hurlaient. Un seul avait commencé, puis un deuxième, puis tous les autres. A présent, le vent n'était plus le seul bruit. Il y avait aussi des volets et des portes qui claquaient, des gens qui interrogeaient les chiens, les excitaient ou criaient pour les faire taire.

Le vent enflait la voix sans parvenir à dominer ce tumulte et c'était lui, en fin de compte, qui charriait les bruits d'un bord à l'autre du val.

Robert s'arrêta.

Il avait escaladé sans s'en apercevoir la murette et la barrière qui bordent le clos de la mère Vintard. Il regarda autour de lui. La terre râpée, l'herbe grasse sur le talus, des ornières, le bois... Il reconnut le chemin des Froids.

Ses jambes étaient molles. Il souleva la main pour s'appuyer au talus. L'herbe était trempée. Il se trouvait donc à l'endroit où la terre regorge d'eau, où une source se forme et coule jusqu'à l'Orgeole en ravinant le chemin.

Il leva la tête et écouta. Gémissant et craquant, le Bois Noir était là, tout proche.

Robert essaya de réfléchir. Il se demanda où il devait aller. Il pensa à Gilberte et se retourna. En face, la terre n'était plus qu'une grande lueur vague qui dansait. Comme tout demeurait trouble en lui, il se remit à courir dans le sens de la montée.

Dans cette direction, il y avait un chien qui approchait en aboyant. Robert l'entendait, il ne devait plus être bien loin de lui. Il hésita, ralentit, écouta encore.

Il y avait des chiens partout. Devant, derrière, en amont, en aval, partout. Le vent portait de montagne en montagne des hurlements de chiens. Le vent gémissait, le vent aboyait, le vent pleurait. Le vent était un chien énorme et furieux, un chien qui courait partout en mordant la nuit ; un chien à mille gueules.

Robert repartit plus vite.

Le bruit le suivait, le harcelait, devenait assourdissant.

Le hurlement du vent et des chiens était partout. La vallée en était pleine. Sa tête aussi lui faisait mal à crier... Sa tête où résonnait encore le cri terrible de Gilberte.

Sans s'arrêter, il passa plusieurs fois sa main sur son front, mais il n'enlevait rien de ce qui lui serrait les tempes.

Il montait, le souffle court, le cœur cognant.

Il allait dans l'ombre sans jamais se retourner. Ses pieds heurtaient les roches saillantes, s'enfonçaient dans les ornières ou glissaient dans la boue aux endroits où le fossé débordait. Plusieurs fois, il faillit tomber. Des branches lui fouettaient le visage.

Il allait atteindre l'endroit où le chemin des Froids sépare le Bois Noir du clos des Bouvier quand le chien déboucha devant lui. Il avait entendu se rapprocher ses aboiements ; il avait entendu également la voix du fermier qui excitait sa bête, mais il s'arrêta seulement lorsqu'il vit le chien.

Le chien ralentit. Il se tut un instant puis se mit à grogner en avançant lentement au ras de la haie. Ses yeux luisaient par instant, verts puis rouges. La queue basse, il creusait l'échine et fléchissait sur ses pattes.

A quelques pas de Robert, il s'arrêta et grogna plus fort. La voix du fermier se rapprochait.

— Allez, Noiraud !... Cherche, Noiraud !... Chope-les, Noiraud !

Les mains pendantes, le dos légèrement voûté, Robert attendait, le regard rivé aux branches qui mordent le chemin à l'endroit où s'amorce le tournant.

C'était là que l'homme allait apparaître...

Cet homme, c'était Bouvier. Le père Bouvier... L'homme à la génisse crevée. Robert le savait. Il se le répétait sans cesse, mais il y avait toujours en lui ce tumulte terrible de la vallée.

Il fixait les branches du tournant. L'homme apparaissait. Robert le voyait, le reconnaissait parfaitement ; et pourtant, l'homme n'était pas encore là. Seule, sa voix approchait. Elle n'en finissait plus d'approcher.

— Allez, Noiraud !... Cherche, mon Noiraud !...

Et le chien répondait en grognant, toujours immobile contre la haie.

Un temps infini s'écoula ainsi. Chaque fois qu'une bourrasque secouait les branches du tournant, Robert croyait voir apparaître le fermier.

A plusieurs reprises, il regarda à droite. Le talus était assez haut, mais un petit frêne se penchait au-dessus du chemin. Il suffirait de sauter pour l'empoigner, de faire un rétablissement et de s'enfoncer dans l'ombre des arbres fous. Le chien ? Il n'aurait pas le temps d'attaquer. Et pour lui, le talus était sans doute trop haut et trop raide. Il lui faudrait le temps de trouver un passage. Robert se voyait parfaitement traversant le bois, mais il ne voyait pas où il déboucherait, où il irait ensuite... Il tourna la tête. A gauche, c'était la haie de ronces... Enjamber, dévaler, se laisser entraîner jusqu'au ruisseau, le franchir d'un bond, escalader l'autre versant sur les traces de Gilberte...

Robert n'alla pas jusqu'à regarder les Ferry. Pas un instant non plus il ne pensa au sentier qui s'ouvrait derrière lui.

D'ailleurs, il était figé sur place, incapable du moindre geste, le regard de nouveau fixé sur le tournant.

Enfin, l'homme apparut. Il marchait vite, son fusil de chasse sous le bras droit.

A quelques pas de son chien, il s'arrêta et leva la main gauche. Une torche électrique s'alluma et l'homme se remit à avancer.

Ebloui, Robert baissa la tête et porta la main devant ses yeux.

— Nom de Dieu, lança l'homme, il est plein de sang !

Il approcha sa lampe. Robert ne bougea pas.

— Baisse ta main !

Robert laissa retomber son bras et cligna les yeux.

— C'est le Paillot, fit l'homme... C'est le garçon au Paillot !

L'homme se tut et, pendant un moment, examina Robert, puis, la voix dure, il demanda :

— Qu'est-ce que tu as fait, hein ? Qu'est-ce que tu as fait ?

Le chien ne grognait plus. A présent, il flairait les chaussures et le pantalon de Robert. L'homme baissa sa lampe et l'éteignit. La lune donnait. Ils ne se trouvaient pas en pleine lumière mais se voyaient assez.

— Qu'est-ce que tu as fait, Paillot ? demanda encore le fermier.

Robert souleva légèrement les deux bras puis les laissa retomber en haussant les épaules. Le chien se mit à lui lécher la main. L'homme répéta sa question puis, passant à son épaule la bretelle de son fusil, il empoigna Robert et le secoua en criant :

— Réponds-moi, bon Dieu ! Qu'est-ce que tu as fait, hein ? Tu es blessé ?

Robert fit non de la tête. Alors l'homme hurla en le secouant de plus belle.

— Tu as fait un sale coup ! Encore un sale coup ! C'est déjà toi qui es venu chez moi la nuit dernière, hein ? C'est toi ! Avoue que c'est toi... toi et tes copains !

Robert fit oui de la tête et aussitôt deux gifles terribles claquèrent. Il vacilla, baissa un peu plus la tête, mais ne dit rien.

— Et ce soir, hurla le père Bouvier, qu'est-ce que tu as fait ? Vous avez saigné des volailles ou des lapins, pour que tu sois plein de sang comme ça ?

Durant quelques secondes, il n'y eut que le hurlement du vent et, plus éloigné, le tapage des chiens qui continuait avec, çà et là, un cri d'homme ou de femme. Parcouru d'abord par un frisson, Robert sentit monter en lui un sanglot qui s'arrêta dans sa gorge. Tout se brouilla et il murmura simplement :

— Je voulais pas... non, non, je voulais pas...

L'homme se pencha pour le regarder de plus près et demanda :

— Qui est-ce qui était avec toi ?... Allons, parle !

Robert hocha la tête. L'homme lui saisit le bras et se remit à le secouer en criant :

— Tu ne veux rien dire ? On verra bien !... Ça fait assez longtemps que ça dure, vos conneries !... Faudra bien que tu parles et qu'on pince toute la bande... Va falloir payer, à présent ! Et j'aime mieux te dire que ça va vous coûter cher !

Comme Robert ne parlait toujours pas, le fermier le fit pivoter sur place et le poussa en avant.

— Allez, en route, cria-t-il. Et on va bien voir la tête que tu vas faire devant les gendarmes !

Maintenant, Robert pleurait. Il pleurait à gros sanglots, comme il n'avait pas fait depuis des années. Et il marchait, suivi de l'homme et du chien.

En face, tout le coteau était luisant de lune. Dans cette lumière froide, une tache rouge : la cour des Ferry était éclairée. Une autre tache plus petite : la fenêtre grand ouverte sur la chambre de Gilberte où la lumière brillait.

Robert voyait tout cela à travers ses larmes. Et toute la vallée lui semblait pleine d'une brume lumineuse. Il chercha du regard la villa de Combe-Calou mais il ne put rien voir. Il pensa un instant au travail, à la tranchée commencée, aux manches d'outils qui trempaient dans la boutasse où l'eau devait monter lentement. Tout se mêlait : le visage dur du patron, le regard de la patronne, la photographie de l'équipe de basketteuses... Il ferma les yeux, fit quelques pas ainsi, puis regarda devant lui.

Le clair de lune atteignait le ruisseau dans ses courbes les plus rapprochées de la vieille route. L'eau étincelait entre les arbres.

En passant devant Malataverne, Robert ralentit. Le fermier le poussa par l'épaule et il reprit sa cadence jusqu'à l'endroit où la murette s'ouvre sur la cour de la ferme.

Là, il s'arrêta.

Son regard était tombé tout de suite sur une forme noire, allongée par terre et à peine visible dans l'ombre de la maison.

— Allez, avance, bon Dieu, grogna l'homme en le bousculant.

Robert avait à peine ébauché un geste de la main. Son bras retomba. Il avait ouvert la bouche pour parler, mais aucun son ne put franchir sa gorge serrée.

— Avance, quoi ! Je ne veux pas passer la nuit dehors à cause de toi... Avance, vermine !

Il marcha plus vite. Il avait serré son poing et, quand il voulut le rouvrir, il sentit que ses doigts étaient collés... Le sang...

Un liquide amer emplit sa bouche et il s'arrêta pour vomir.

— Et saoul comme une bourrique, en plus de ça, ricana le fermier. Allons, avance, saloperie !

Ils atteignirent bientôt la vieille route où il faisait presque aussi clair qu'en plein jour.

Robert pleurait ; sans secousses, sans effort, un peu comme il marchait.

A présent, son ombre s'allongeait devant lui. Un peu en retrait avançait aussi l'ombre du fermier. Le fermier gesticulait en bougonnant. Les mêmes mots revenaient toujours : « Vermine...

voyou... génisse crevée... payer... prison... » Robert n'écoutait pas.

Autour d'eux, le chien courait. Il levait la patte de loin en loin contre le talus et venait par moments trotter à côté de Robert qui sentait son fouet lui battre la jambe.

Un instant, Robert revit la porte ouverte... La mère Vintard devait dormir...

Et Gilberte ?... Il se tourna vers la droite, mais les buissons cachaient le haut du coteau... Elle était peut-être rentrée chez elle ?... Elle était peut-être là, derrière les premiers taillis, à regarder entre les branches.

Robert sentit quelque chose qui se serrait en lui. Une douleur qu'il n'avait encore jamais éprouvée.

La route... Il ne fallait regarder que cette route où le chien trottinait.

Cependant, quand ils se trouvèrent où s'amorce le sentier qui grimpe à travers les friches jusqu'à la ferme des Ferry, Robert s'arrêta encore.

— Alors, tu avances, oui !

Robert fit deux pas vers la droite. Aussitôt, le père Bouvier l'empoigna et le ramena au milieu de la route en grognant :

— Non, non, tout droit, vermine ! On n'a rien à foutre par-là ; rien du tout !

Robert baissa la tête et se remit à marcher.

Quelques pas devant eux le chien s'était assis pour les attendre. La queue balayant la poussière, il levait le museau et flairait le vent.

Lyon, 1959-1960.

Littérature

extrait du catalogue

Cette collection est d'abord marquée par sa diversité : classiques, grands romans contemporains ou même des livres d'auteurs réputés plus difficiles, comme Borges, Soupault, Goes. En fait, c'est tout le roman qui est proposé ici, Henri Troyat, Bernard Clavel, Guy des Cars, Alain Robbe-Grillet, mais aussi des écrivains étrangers tels que Moravia, Colleen McCullough ou Konsalik.

Les classiques tels que Stendhal, Maupassant, Flaubert, Zola, Balzac, etc. sont publiés en texte intégral au prix le plus bas de toute l'édition. Chaque volume est complété par un cahier photos illustrant la biographie de l'auteur.

AKÉ LOBA	Kocoumbo, l'étudiant noir 1511***
ALLEY Robert	La mort aux enchères 1461**
ANDREWS Virginia C.	Fleurs captives :
	- Fleurs captives 1165****
	- Pétales au vent 1237****
	- Bouquet d'épines 1350****
	- Les racines du passé 1818****
	Ma douce Audrina 1578****
APOLLINAIRE Guillaume	Les onze mille verges 704*
	Les exploits d'un jeune don Juan 875*
AUEL Jean M.	Ayla, l'enfant de la terre 1383****
AVRIL Nicole	Monsieur de Lyon 1049***
	La disgrâce 1344***
	Jeanne 1879***
	L'été de la Saint-Valentin 2038**
BACH Richard	Jonathan Livingston le goéland 1562* illustré
BALZAC Honoré de	Le père Goriot 1988**
BARBER Noël	Tanamera 1804**** & 1805****
BAUDELAIRE Charles	Les fleurs du mal 1939**
BAUM Frank L.	Le magicien d'Oz 1652**
BELMONT Véra	Rouge Baiser 2014***
BORGES & BIOY CASARES	Nouveaux contes de Bustos Domecq 1908***
BORY Jean-Louis	Mon village à l'heure allemande 81***
BOVE Emmanuel	Mes amis 1973***
BRADFORD Sarah	Grace 2002****

Guy des Cars (suite)	Le château du clown 1357****
	La femme sans frontières 1518***
	Le boulevard des illusions 1710***
	Les reines de cœur 1783***
	La coupable 1880***
	L'envoûteuse 2016*****
CARS Jean des	Sleeping Story 832****
	Haussmann, la gloire du 2nd Empire 1055****
	Louis II de Bavière 1633***
	Elisabeth d'Autriche (Sissi) 1692****
CASTELOT André	Les battements de cœur de l'histoire 1620****
	Belles et tragiques amours de l'histoire-1 1956****
CASTILLO Michel del	Les Louves de l'Escurial 1725****
CASTRIES Duc de	La Pompadour 1651****
	Madame Récamier 1835****
CATO Nancy	L'Australienne 1969**** & 1970****
CESBRON Gilbert	Chiens perdus sans collier 6**
	C'est Mozart qu'on assassine 379***
	La ville couronnée d'épines 979**
	Huit paroles pour l'éternité 1377****
CHARDIGNY Louis	Les maréchaux de Napoléon 1621****
CHASTENET Geneviève	Marie-Louise 2024*****
CHAVELET Élisabeth & DANNE Jacques de	Avenue Foch 1949***
CHOUCHON Lionel	Le papanoïaque 1540**
CHOW CHING LIE	Le palanquin des larmes 859***
	Concerto du fleuve Jaune 1202***
CLANCIER Georges-Emmanuel	Le pain noir 651***
CLAVEL Bernard	Le tonnerre de Dieu 290*
	Le voyage du père 300*
	L'Espagnol 309****
	Malataverne 324*
	L'hercule sur la place 333***
	Le tambour du bief 457**
	Le massacre des innocents 474*
	L'espion aux yeux verts 499***
	La grande patience :
	1 - La maison des autres 522****
	2 - Celui qui voulait voir la mer 523****
	3 - Le cœur des vivants 524****
	4 - Les fruits de l'hiver 525****

	Le Seigneur du Fleuve 590***
	Victoire au Mans 611**
	Pirates du Rhône 658**
	Le silence des armes 742***
	Écrit sur la neige 916***
	Tiennot 1099**
	La bourrelle - L'Iroquoise 1164**
	Les colonnes du ciel :
	1 - La saison des loups 1235***
	2 - La lumière du lac 1306****
	3 - La femme de guerre 1356***
	4 - Marie Bon Pain 1422***
	5 - Compagnons du Nouveau Monde 1503***
	L'homme du Labrador 1566**
	Terres de mémoire 1729**
	Bernard Clavel, qui êtes-vous ? 1895**
COLETTE	*Le blé en herbe* 2*
CORMAN Avery	*Kramer contre Kramer* 1044***
COUSSE Raymond	*Stratégie pour deux jambons* 1840**
CURTIS Jean-Louis	*L'horizon dérobé :*
	1 - L'horizon dérobé 1217****
	2 - La moitié du chemin 1253****
	3 - Le battement de mon cœur 1299***
DAUDET Alphonse	*Tartarin de Tarascon* 34*
	Lettres de mon moulin 844*
DECAUX Alain	*Les grands mystères du passé* 1724****
DÉCURÉ Danielle	*Vous avez vu le pilote ? c'est une femme !* 1466*** illustré
DELAY Claude	*Chanel solitaire* 1342**** illustré
DÉON Michel	*Louis XIV par lui-même* 1693***
DHÔTEL André	*Le pays où l'on n'arrive jamais* 61**
DIDEROT	*Jacques le fataliste* 2023**
DJIAN Philippe	*37,2° le matin* 1951****
	Bleu comme l'enfer 1971****
DOCTOROW E.L.	*Ragtime* 825***
DORIN Françoise	*Les lits à une place* 1369****
	Les miroirs truqués 1519****
	Les jupes-culottes 1893****

324
★

Impression Brodard et Taupin à La Flèche (Sarthe)
le 27 juin 1986
6295-5 Dépôt légal juin 1986. ISBN 2 - 277 - 12324 - 2
1er dépôt légal dans la collection : mars 1975
Imprimé en France
Editions J'ai lu
27, rue Cassette, 75006 Paris
diffusion France et étranger : Flammarion